書下ろし

刑事の裏切り

西川 司

祥伝社文庫

目次

第一章　秘画

殺人現場となった世田谷区若林《せたがやわかばやし》二丁目のマンションに到着したのは、午前十時を少し回ったころだった。

青木《あおき》が運転する捜査車両を来客用の駐車場に入れさせ、助手席から外に出たとたん、島田《しまだ》はぶるっと体を震わせた。

空を見るともなしに見やると、どんよりとした厚い雲が低く垂れこめて、今にも冷たい雨が降り出してきそうだった。

吐く息もうっすらと白く見えて、ひどく冷え込んでいる。

ふたりは連れ立ってエレベーターに乗り、事件現場となった三〇五号室に着くと、管理人から預かっている合鍵で、青木がドアを開けた。

先に靴を脱いで廊下の奥にある居間に足を踏み入れた島田は、リビングボードの上に並べられている写真立てに吸い寄せられるように目がいき、足を止めた。

お宮参り、七五三、小学校・中学校入学——ひとり娘の成長の節目節目に、写真館で撮影された家族写真が四つ立てられてある。

島田も同じひとり娘を持つ身だが、こんな写真館で撮った家族写真など一枚ももっていない。仕事の忙しさにかまけ、家族を放《ほ》ったらかしにしていたツケである。しかし、島田が被害者のその家族写真に注目したのは羨《うらや》ましかったからでも、うしろめたかったからでもなかった。

被害者となった女と娘を挟んで立っている父親の顔が、どれもカッターのようなもので削《けず》られていたのである。

所轄の世田谷署の捜査員が、被害者の勤め先の同僚たちへ聞き込みしたところによると、殺された四十二歳の遠藤文恵《えんどうふみえ》は、七年前に写真の中にいる娘を中学三年のときに事故で亡くし、その翌年に夫と離婚したということである。

写真の遠藤文恵——当時は小林《こばやし》文恵——は緊張していたのだろう、ぎこちない笑顔を作っているが、どれも幸せいっぱいに見える。

顔を削られた夫も、同じような硬い笑顔で写っていたのだろうか？

いや、照れて何度撮り直しても不機嫌な顔になっていたのかもしれない——いずれにしろ、七年前までこの一家は幸せに満ち溢《あふ》れていたのだ。

だが、娘を事故で喪《うしな》ったことで、夫婦の間には埋め難い亀裂が入った。

その亀裂はやがて憎しみを生み、夫の顔を見るのも同じ空気を吸うのもイヤになった——並んでいる四つの家族写真はそう物語っているように島田には思えた。

保険の外交員をしている遠藤文恵が、死体となって発見されたのは、昨日の午後七時過ぎである。

第一発見者は、友人の野中礼子《のなかれいこ》という三十歳の女性だった。

ふたりは昨日の夕方五時に会う約束をしていたのだが、その時間になっても遠藤文恵が待ち合わせのカフェにやってこず、携帯電話に連絡してもつながらなかった。

それからしばらく待っても一向にやってこないうえに、連絡もつかないことから心配になってマンションを訪ねたところ、ドアの鍵がかかっていなかった。

不審に思って声をかけながら部屋に入っていくと、リビングの床に腹部を血で真っ赤に染めて仰向《あおむ》けに倒れている遠藤文恵を発見し、一一〇番通報したのである。

死因は腹部を鋭利な刃物で刺されたことによる失血死で、死亡推定時刻は一昨日の二月二十三日、午後八時から十時の間と見られた。

使われた凶器は、まだ発見されていない。

「マル害（被害者）は、本当にこの部屋で殺されたんですかね？」

ソファ近くの死体位置マークを眺めながら、青木がつぶやくように言った。

「——どうしてそう思うんだ？」

島田がリビングボードの写真立てから、青木に視線を移して訊《き》いた。

「室内は荒らされた形跡もありませんし、金品を盗まれた様子もない。それに、マル害の着衣に乱れもないということから、顔見知りによる犯行の可能性が高いということに異論はありませんが、刺されて息を引き取るまで、もがき苦しんだり助けを求めたような痕跡《こんせき》がありません」

マンションの三階中央の遠藤文恵の部屋は、発見されたときのまま保存されている。

倒れていたソファ近くのテーブルもそのままの位置で動いてはおらず、助けを求めて絨毯《じゅうたん》の上を這《は》ったあともなかったことが鑑識の調べでわかっている。

「刺されたショックで、その場で気を失った可能性もある」

島田が言うと青木は、

「ええ。しかし、死亡推定時刻の一昨夜の午後八時から十時の間、この部屋の左右上下の住人、だれひとり物音も叫び声や言い争う声も聞いていないというのはおかしくないですか？」

と訊き返した。

所轄の世田谷署の捜査員が、マンションの住民に聞き込みを行ったところ、遠藤文恵が殺されたと思われるその時間、彼女の部屋の左右上下の住人は全員部屋にいたのだが、だれひとり言い争う声や物音を聞いていないのである。

「確かにな。しかし、被害者《ガイシャ》をこの部屋に運んだ不審な人間を見た者も、今のところいない」

青木が言うとおり、殺されたのがこの部屋ではなく外だとすれば、衣服に土など戸外のものが付着しているはずだが、それもなかった。

となれば、殺害現場は犯人の部屋か、もしくは犯人が自由に使える室内で殺してから被害者のこの部屋まで運んできたということになる。

しかし、遠藤文恵のマンションは古い建物で、管理人は午後六時までしかいない上に、防犯カメラはついておらず、事件があった日、このマンションに出入りした人間が何人いたのか特定することさえ難しい。

また、遠藤文恵の部屋からは、不審な指紋や毛髪なども検出されていない。

「どっちにしろ、死亡推定時刻の前後、この部屋に出入りした不審者がいたかどうか、地取りの連中が情報を摑んでくるのを待つしかないな」

「そうですね。で、ボクたちは、どこから当たりますか?」

島田と青木は、被害者の交友関係及び親族関係など周囲の関係者を調べる「鑑《かん》取り」をするように命じられている。

五十六歳の島田直治《なおはる》と東大卒のキャリアで二十七歳の青木達也《たつや》は、警視庁捜査第一課強行犯3係に所属しており、応援要請を受けて所轄の世田谷署に設けられた捜査本部に参加することになったのである。

「第一発見者の野中礼子という女に直接会って、被害者《ガイシャ》について、いろいろと話を聞いてみたい」

「彼女は、犯人に心当たりはまったくないと言っているらしいですが——」

「ああ。しかし、被害者《ガイシャ》は四十二歳。野中礼子という女は三十歳だ。ひと回りも歳が離れている女友達に会って、被害者《ガイシャ》はどんな話をしようと思っていたのか気になってるんだ」

「そこから、もしかすると犯人に結びつく手がかりが何か見つかるかもしれない？」

青木は自問自答するような口ぶりで言った。

島田は軽く頷《うなず》いただけで声に出しては答えず、女の一人住まいにしては少し広めの2LDKの部屋を見て回った。

殺された遠藤文恵は几帳面《きちょうめん》な性格なのだろう、きちんと整理整頓がなされている。

しかし、きちんとしていればいるほど、主《あるじ》を失った部屋からは生活感が消えてしまい、寒々しさを感じた。

すでに重要と思われるもの――携帯電話やパソコンはもちろんのこと、手帳や手紙類、家計簿、領収書、アルバムの類《たぐい》――は、捜査員がすべて押収している。にも拘《かか》わらず、島田が部屋にやってきたのは、捜査員たちが見落としているものがないかを探しにきたわけではない。現場の匂いや空気、雰囲気《ふんいき》といったものを己《おのれ》の五感で感じ取っておきたいという島田が捜査に当たるときの流儀なのである。

野中礼子のマンションは、遠藤文恵のマンションから車で二十分ほど行った三宿《みしゅく》二丁目にある、七階建てのしゃれた建物だった。

彼女はそのマンションの角の一階とその上の部屋のふたつを借りており、一階の部屋のドアには「野中メンタルクリニック」という看板が掲げられていた。おそらく二階の部屋は、居住用として借りているのだろう。

青木がインターフォンを押すと、やけに舌足らずなしゃべりかたの若い女の声が返ってきた。

警察の者だと告げると、すぐにドアが開き、薄いピンク色の看護師の制服を着た、緊張した顔つきの二十代半ばと思われる女が姿を見せた。

「野中礼子さんは、いらっしゃいますか？」

警察手帳を見せながら青木が言うと、

「先生は、ただ今診療中ですが――」

と、女は困った顔をして答えた。

「そうですか。では、待たせてもらってもいいですか？」

「あの、ご用件は？」

「亡くなられた遠藤文恵さんのことで、お話を伺《うかが》いたいことがありまして――」

青木が言うと、女は一層顔を強張《こわば》らせて、

「少々お待ちください。先生にお伝えしてきます」

と言って、奥の部屋に行き、ノックをして中へ入っていった。

島田と青木は、部屋を見回した。

室内の壁はベージュの落ち着いた色合いで、さっきの女がいた受付の前に、座り心地の良さそうなロングソファがあり、音量を低くしたクラシック音楽が流れている。

どうやらここは心療内科のクリニックではなく、カウンセリングを行うところで、野中礼子はカウンセラーをしているようだ。

「もう少しで診療が終わりますので、こちらでお待ちくださいとのことです」

奥の部屋から出てきた、看護師の制服を着た女が言った。受付兼助手といったところだろう。

「ありがとうございます」

島田と青木は、座り心地が良さそうだと見ていたロングソファに腰かけた。

そして、助手の女が運んできてくれたコーヒーをふた口ほど飲んだころ、奥の部屋から神経質そうな、青白い顔をしたスーツ姿の痩《や》せぎすで髪の毛が薄くなった中年の男が出てきた。

男の様子を盗み見ていると、

「お待たせしました。どうぞ、お入りください」

男が外に出ていってすぐに、白衣を着た野中礼子が奥の部屋のドアの前に姿を見せて言った。

野中礼子は、かかとの低いサンダルを履《は》いているにも拘わらず、百七十センチ近くあるだろうか、女性としてはかなり背が高く、細すぎず太すぎず、なかなかのプロポーションをしている。

髪型はショートカットで、ほとんど化粧をしておらず、知的で冷たい印象を与える顔立ちをしているが、かなりの美人と言っていい。

招き入れられるように、島田と青木が診療を行う部屋の中に入ると、アロマテラピーというやつだろう、ラベンダーの香りが満ちていた。

ラベンダーの香りは、気持ちを落ち着かせる効用があると、雑誌か何かで読んだ記憶があるが、島田はあまり好きな匂いとはいえなかった。

部屋の中央に、クライアント用の大きくて高級そうな黒い革張りのリクライニングチェアが置いてあり、その横に野中礼子が座るものだろう、対《つい》になっている黒い革張りの椅子がある。

「次のクライアントが来るまでの時間しかありませんが、よろしいでしょうか？」

白衣の下に黒のパンツを穿《は》いている野中礼子が、自分の椅子に座ると、細く長い足を組んで言った。

島田と青木が座れる椅子はない――時間がないのだから、立ったままでいいでしょう、と暗に言っているのだ。

野中礼子の左手の薬指に指輪がないところを見ると、独身なのだろう。

他の指にも指輪はなく、イヤリングやネックレスもしていない。

「ええ。結構です。お忙しいところ、アポも取らずに押しかけてきて申し訳ありません。さっそくですが、亡くなられた遠藤文恵さんと昨日、会う約束をされていたのはどういうご用件だったんでしょうか？」

青木が訊いた。

尋問は歳が近いほうに任せるのが基本だ。歳が上に離れている刑事には、相手はどうしても身構えるし、逆に下に離れていると見下す傾向があるからである。

「そのことについては、昨日も警察の方にお話ししましたけど、特に大事な用があったわけではありません。仲良くさせてもらっていますから、時々どちらからともなく、お茶や食事に誘うんです」

野中礼子は、苛立《いらだ》ちを抑えるように答えた。

野中礼子と遠藤文恵が、昨日の夕方五時に駒沢《こまざわ》公園近くの「アルファ」という馴染《なじ》みのカフェで待ち合わせをし、そこから歩いて十分ほどのところにあるイタリアンレストランで食事をする予定だったということは、すでに所轄の捜査員の報告で知っている。

「しかし、遠藤文恵さんは来なかった――」

「ええ。それからあとのことも、昨日、別の刑事さんに言ったとおりです」

野中礼子は、眉間《みけん》に皺《しわ》を寄せて言った。

同じことを言うのは、もううんざりだと顔に書いてある。

「遠藤文恵さんとのお付き合いは、どれくらいになるんですか？」

青木から引き継ぐようにして、島田が質問の趣旨を変えて訊いた。

野中礼子は、島田を見ると、少し考える顔をして、

「三ヵ月ほど前からです。遠藤さんがカウンセリングを受けに来るようになってからですから——」

と答えた。

「ほお、そもそもはクライアントとカウンセラーという関係から、お付き合いがはじまったんですか。それは初耳です」

青木が野中礼子とやりとりしている間、島田は部屋の隅々を野中礼子に気づかれないように観察していた。

室内の壁は受付の部屋と同じベージュの落ち着いた色合いで、飾りらしいものは何もなく、ただ一枚「臨床心理士」の資格認定証が入っている額縁があるだけだ。

カウンセラーとひと口にいっても、その職種はあやしいものからきちんとしたものまでいろいろあり、資格を認定する団体もピンからキリまである。

その中で、「臨床心理士」は、文科省が認定している協会が指定する大学院で修士課程を修了しなければ、その資格を得ることができない、最も難易度が高い資格とされている。

「ええ。最初はそうでした。でも、遠藤さんは仕事柄いろんな方とお知り合いで、カウンセリングを必要とする悩みを抱えている方をたくさん紹介してくださったんです。ですから、わたしは、そのお礼といってはなんですが、遠藤さんのカウンセリングは無料で行っていたんです」

「遠藤さんは、どんなことで悩んでいたんですか？」

島田が拒否されることを承知であえて訊くと、

「わたしたちにも、あなたがた警察と同様、守秘義務というものがあります」

案《あん》の定《じょう》、すかさず、野中礼子は冷静な口調で拒《こば》んだ。

「しかし、遠藤文恵さんは殺されたんですよ。遠藤文恵さんが抱えていた悩みの中に、犯人にたどりつくヒントがあるかもしれない」

島田は諭《さと》すように言った。

しかし、野中礼子は、

「遠藤さんのカウンセリングは、生命保険の外交という仕事の大変さからくるストレスを緩和させることに重点を置いたもので、なにかトラブルに巻き込まれているというようなことではありませんでした」

と、今度はわずかに怒気《どき》を含んだ口調で言った。

昨夜も第一発見者として聴取され、長時間、何度も同じことを訊かれているのだ。気分を害するなというほうが無理というものだろう。

だが、島田は自分で直《じか》に訊き出さなければ気が済まない――これも島田の捜査にあたるときの流儀のひとつなのだ。

「そうですか――では、つかぬことをお訊きしますが、遠藤さんには、どなたかお付き合いしている方はいなかったんでしょうか？」

島田は質問の向きをまた変えた。

「それは、男性という意味ですか？」

野中礼子の目がいっそう険《けわ》しくなったように思えた。

「ええ。遠藤文恵さんは六年前にご主人と離婚していて、現在は独身です。それに、なかなかの美人です。お付き合いしている人がいてもおかしくないと思うのですが――」

島田が言うと、

「ええ。遠藤さんは、確かにおきれいな方ですから、言い寄る人がいたかもしれませんが、それで困っているというようなことは聞いたことがありませんし、お付き合いしている人がいるというようなことも、わたしは聞いておりません」

と、野中礼子はにべもなく答えた。

「そうですか——では、遠藤さんの離婚したご主人が現在どうしているのか、遠藤さんとの会話の中で出たことはありますか？」

島田が訊くと、

「確か離婚してからしばらくして、転勤で埼玉県から福岡のほうに移り住んでいるらしいと言っていましたけど」

野中礼子は、そんなことを訊いてどうするのか？という顔をしている。

「遠藤さんは、離婚する前は埼玉県に住んでいたんですか？」

これも初耳だった。

「ええ。所沢《ところざわ》だったと思いますけど——」

「最近、離婚したご主人と会う予定だったとか、会ったというようなことは聞いていませんか？」

遠藤文恵は、勤務先の同僚たちからの評判もすこぶる良く、誰かから恨《うら》まれるような女性ではないと、皆口をそろえているというのだ。

万一、憎んでいる者がいるとしたら元夫ではないか？――島田の脳裏《のうり》には、遠藤文恵の部屋で見た家族写真が浮かんでいた。

「聞いていません」

野中礼子が苛立ちをあらわにして、そう答えると、ドアがノックされ、助手の若い女が顔を出した。

「先生、ご予約のクライアントの方がお見えになりました」

「刑事さん、すみませんが――」

気を取り直した野中礼子は立ち上がると、島田と青木に軽く頭を下げ、表情で部屋から出ていくよう促《うなが》した。

「また、うかがうことになると思いますが、その節は、ご協力よろしくお願いします」

島田が言うと、

「一刻も早く遠藤さんを殺《あや》めた犯人を捕まえてください。そのための協力は惜《お》しみません。でも、今度来るときは事前にアポイントを取ってくださいませんか？」

と、野中礼子は釘を刺すことも忘れなかった。

「わかりました。では——」

島田が言い、青木と部屋を出ると、入れ代わりに今度は三十代後半の小太りの男のクライアントが部屋に入った。

服装からみてサラリーマンだろう。やはり、陰鬱《いんうつ》な表情をしていた。

「失礼ですが、野中礼子さんは、独身ですか？」

島田は奥の部屋のドアが閉まったのを確かめて、助手の女に訊いた。

「ええ。それが何か？」

助手の女は受付で、届いた郵便物を選りわけながら、ちらりと上目遣いに島田を見て答えた。

「彼女も埼玉出身——」

助手の女が手にしていた「埼玉県飯能《はんのう》市立第二中学校同窓会へのお誘い」と書かれたハガキが目に入り、島田が小さな声でひとり言のように言うと、

「埼玉県にいたのは、中学校までだけらしいですよ」

助手の女は、ぶっきらぼうに答えた。

「そう——患者さん……あ、クライアントっていうんでしたね。やっぱり男の人のほうが多いんですか？」

島田が訊くと、助手の女は憮然《ぶぜん》とした顔になって、

「そりゃ、先生はおきれいだから、中にはそういう下心でクライアントになる人もいるかもしれませんけど、ほとんどの人は心に深い傷を持っていたり、いろんなストレスや悩みを抱えて鬱《うつ》病寸前の人たちばかりですよ」

と、心外だとばかりに言った。

「野中先生のような女性を恋人にもつ男性は、たいへんでしょうね」

それまでふたりの様子を眺めるようにしていた青木が、場を和《なご》ませようとして明るい声を出して言った。

島田も同感だ。美人は美人だが、女性らしさがない。色気というものを意識的に排除しているようにさえ思う。

それに加えて、心理カウンセラーなのだ。付き合う男の心の中まで見えてしまうのではないかと思うと、恋人になる男はそうそういないのではないか――。

すると助手の女は、

「野中先生に恋人なんていませんよ。先生は、仕事が恋人のようなものですから。恋愛だとか、そういったチャラチャラしたことには興味がないんですよ」

と、妙に自慢げに言った。

クリニックの開業時間は一応朝十時から夕方六時までだが、それ以降でもクライアントの都合に合わせて診療を行うのだという。

また毎週火曜日が定休日なのだが、その定休日に野中礼子は近くの小学校の保健室で子供たちのカウンセリングを、ほとんどボランティアに近い報酬でしているのだということだ。

「先生は、人の悩みを聞いてあげるこの仕事が天職だなんておっしゃっていますけど、わたしにはとても無理ねえ」

と、助手は、ため息まじりに言った。

事件発生から一週間経《た》ったが、捜査は一向に進展がなく、所轄の世田谷署の二階に設置されている捜査本部は、重苦しい空気に包まれるようになっていた。

被害者の遠藤文恵の交友関係は、保険の外交員というだけあって、当初想定していた以上に広範にわたっていて、潰《つぶ》しても潰しても終わらず、いまだ犯人に結びつきそうな怪しい人物が、ひとりとして浮上してこないのだ。

地取り捜査もマンションから近くに住む住人へと広げ、それからさらにエリアを拡大させているのだが、犯行があったとされる時間帯に不審な人間や車を見たという情報をいまだに得ることができずにいる。

何か見落としていることはないだろうか？——島田が捜査本部で捜査資料を繰り返し見ていると、携帯電話が鳴った。

発信元は、かつて新宿署の刑事だった大橋《おおはし》からだった。

電話にでるべきかどうか一瞬迷ったが、大橋も保険会社絡みの仕事をしていることを思い出した。

新宿署の元刑事だった大橋は、定年退官してから「帝都《ていと》リサーチサービス」という、生命保険会社が手に負えないトラブルを調査、解決する会社に再就職しているのだ。

もしかすると、何か情報を摑んで電話してきたのかもしれない。

「島田です。ごぶさたしていました」

ごぶさたといっても、去年の暮れに何度か会っている。

あのときは、大橋が普通失踪を偽装して、一億円の生命保険金を詐取《さしゅ》しようとしている女がいるという情報をもたらし、島田に捜査してくれるように頼みこんできたのだ。

『その節は、世話になったね』

大橋の情報をもとに島田が捜査してみると、事態は思わぬ方向に進み、結局、一億円の生命保険金詐取を回避することができたばかりでなく、計画されていた殺人事件も未然に防ぐことができたのだった。

「いえ、こちらこそ――で、今日は何か?」

大橋には、少しの隙《すき》も見せてはならない。良くも悪くも抜け目のない男なのだ。

『いや、何ね、あんたが大京《だいきょう》生命の保険外交員が殺された事件《ヤマ》を扱っていると聞いたものでね』

やはり、知っていた。相変わらず地獄耳だ。

「ええ、まあ――」

島田が言葉を濁すと、

『今夜あたり会えんかな? あんたに関係のある、ちょっとおもしろい話を小耳に挟んだんだよ』

と、大橋は、もったいぶった物言いで誘った。

たいした情報もなく、それにかこつけて厄介《やっかい》な頼みごとを言いだすつもりなのかもしれないと思ったが、捜査本部にいて見飽きた資料を読んでいるよりマシだろう。

「わかりました。場所は例のところですか?」

『ああ、新宿の魚安《うおやす》で。時間は──そうだな、七時でどうだい？』

「ええ。では、その時間にうかがいます」

島田は電話を切り、腕時計を見た。

まだ夕方五時を少し過ぎたばかりだ。出かけるには早すぎる。

（それにしても、日が経つのは早いものだ……）

島田は窓の外に目をやって、薄曇りの空を眺めた。

島田が大橋と知り合ったのは、今から二十五年前──島田のその後の刑事人生を決定づける事件が起きたときだった。

それは新宿・富久《とみひさ》町の商店街の地上げに絡むと見られる殺人事件で、被害者は豆腐店を営《いとな》む飯田一雄《いいだかずお》、六十五歳。商店街一帯の地上げを目論《もくろ》んでいた暴力団に対抗するため、商店主たちに呼びかけて借地借家連合という組織を作った人物である。

その大がかりな地上げは、広域指定暴力団・銀龍会《ぎんりゅう》と準大手ゼネコンの東都《とうと》建設が裏で手を組んだもので、その二つの組織の仲を取り持ったのが民自《みんじ》党の建設族の大物議員だという噂《うわさ》だった。

警視庁は事件を受けてすぐさま、所轄の新宿署に警視庁捜査一課と四課の捜査員を投入するという、異例で大規模な特別合同捜査本部を設置。その中に一課の島田と、四課に配属されていた同期で親友の沢木《さわき》、そして大橋たち所轄の刑事たちも加わったのである。

捜査は難航したが、島田が殺害現場を目撃した者を見つけ、犯人は銀龍会の傘下にある樫田《かしだ》組の幹部、野村健一《のむらけんいち》だということがわかった。

だが、目撃者がホームレスで信憑性《しんぴょうせい》がないことや、物証が見つかっていないことなどから逮捕は何故《なぜ》か見送られて特別合同捜査本部は解散。あとは四課が野村健一を別件逮捕すべく動くことになり、島田ら一課と大橋たち所轄の捜査員たちは捜査から外されることになった。

それから一ヵ月ほど経ったときのことである。捜査に奔走しているはずの沢木から、仕事から帰ったばかりの島田の部屋に電話があり、ふたりきりで会いたいので、これから自宅まで来てくれないかと言ってきた。

沢木の切迫した声から、島田は飯田一雄殺しの捜査に重大な進展があったのだと察知して、沢木の部屋に向かった。

だが、沢木のマンションに着いた島田は茫然《ぼうぜん》となった。鍵がかかっておらず、ドアを開けると、玄関先で胸にナイフを突き立てられ、ワイシャツを血で染めた沢木が仰向けになって死んでいたのである。

翌日、事件は呆気《あっけ》なく解決した。木田譲《きだゆずる》という二十七歳の樫田組の準構成員が、自分が沢木を殺したと自首してきたのだ。

木田は以前、沢木から厳しい取調べを受けたことに恨みを持ち、その日宅配便の配達員を装って沢木の部屋を訪ね、ドアを開けたところをナイフで胸を刺したのだと供述した。

動機と供述、ナイフについていた指紋の一致——沢木刑事殺害は、木田譲の怨恨《えんこん》による犯行とされた。

だが、それはあくまでも表向きの発表で、島田をはじめとした飯田一雄殺害事件の捜査に関わった刑事たちは、誰ひとりそうは思っていなかった。

飯田一雄を殺害したのは樫田組の幹部である野村健一であり、その容疑をなんらかの方法で固めた沢木の口を封じるために下っ端に手を汚させ、出頭させる——暴力団がよく使う手口に違いないのだ。

沢木が所属する捜査四課は、すぐさま飯田一雄殺害事件の重要参考人として任意同行を求めるべく野村健一の家に向かったが、野村はすでに姿を消していた。

やはり、野村健一は飯田一雄を殺した犯人であると同時に、なんらかの形で沢木殺害にも関与しているに違いないと睨《にら》んだ四課は、野村健一を重要参考人から容疑者に切り替え、顔写真を公開して全国に指名手配した。

しかし、野村健一の行方は杳《よう》として知れず、時間だけが過ぎていった。

沢木の惨殺体を目の当《ま》たりにした島田は、自分を責めつづけていた。犯行は、島田が沢木のマンションに着く直前に行われたのだ。もう少し早く着いていれば、沢木を助けることができたのではなかったか？

いや、もっといえば、飯田一雄殺害犯の野村健一を見たという、あのホームレスを自分が見つけ出さなければ、沢木が殺されることはなかったのではないか？　とさえ思うようになっていった。

そんな自責の念に苛《さいな》まれ、無力感に包まれていた島田を事あるごとに励まし、なだめてくれたのが、同期で警視庁生活安全課に勤めている河合美也子《かわいみやこ》だった。

そしてふたりは、共通の友人だった沢木を喪《うしな》った悲しみを分かち合うかのように結婚し、やがて娘の瑠璃《るり》が生まれた。

しかし、そのころから島田は人が変わったように仕事にのめり込み、時間の許す限り野村健一の行方を追い続け、家庭を顧《かえり》みなくなっていった。

沢木が生きていれば、美也子は自分とではなく沢木と結婚していたに違いないのだ。沢木が死んでしまったことで、美也子は自分の妻となり、かわいい娘までもうけた――そんな幸せな家庭に浸《つ》かりそうになる自分に島田は苛立《いらだ》ち、激しい罪悪感を抱くようになってしまったのである。

だが、島田の執念も警察組織を挙げての捜査も虚《むな》しく、飯田一雄殺害の犯人と思われる野村健一は行方不明のまま事件は迷宮入りとなり、とうとう時効を迎えてしまった。

さらに不運は続いた。島田が五十五歳になったとき、美也子に乳癌《にゅうがん》が見つかり、すでに手遅れとなっていたのである。

それでも島田は仕事にのめり込むことをやめず、むしろ以前にも増して没頭するようになった。

せめて、美也子に命があるうちに、野村健一を見つけ出し、沢木が何故殺されなければならなかったのか、その真相を突き止めてやりたかったのだ。

しかし、その願いも叶うことはなく、美也子は息を引き取り、島田はその日は事件現場に張り付いていて、死に目に会うことさえできなかった。

失意のどん底に突き落とされた島田だったが、運命はいたずらなものだった。美也子の死の半年後、島田が追っていた殺人事件の犯人が野村健一だとわかり、ついに追い詰めることができたのである。

だが、手錠をかけるまであと数メートルと追い詰めたとき、野村健一は逃走し、車道に飛び出したところを車に撥《は》ねられてしまった。

そして、野村健一は虫の息で沢木を殺したのは自分だったことを認めると同時に、驚くべき事実を告白した。

沢木は野村健一を逃す代わりに、飯田一雄が豆腐店を営んでいた富久町商店街一帯の地上げを背後で操っている広域指定暴力団の銀龍会と、準大手ゼネコンの東都建設の繋がりを示す証拠を摑んで欲しいと言ったというのである。

野村はその取引を飲み、銀龍会と東都建設のトップふたりが密会している写真とその会話を盗聴したテープを手に入れ、沢木に渡した。

しかし、何故かそのことが野村健一の親分である樫田組の組長に知れ、取り返してこなければ命は無いと脅《おど》され、野村健一は沢木のマンションを訪れて殺害に及んだ。

が、沢木の部屋にはすでに証拠品は無くなっており、樫田組の組長の命令に応えることができなくなった野村健一は逃亡するしかなかったのだというのである。

野村健一が出鱈目《でたらめ》を言ったとは、島田は思えなかった。死を目前にした人間が作り話をしても意味はないからだ。

では、沢木の部屋から証拠品を持ち去ったのは、いったい誰なのかという問題が残る。

答えは容易に出すことができた。沢木の近くにいた警察内部の者だ。そもそも野村健一と取引したのも、沢木の一存ではなく上からの命令だったろう。人一倍正義感の強い沢木が、殺人犯と取引などするはずがないからだ。沢木は取引を終えたあとで、きっと自分の手で野村健一を逮捕するのだと自らに言い聞かせ、納得させていたに違いない。

取引はいったんは成功した。だが、その証拠品の中身を沢木から報告された捜査本部は、戸惑《とまど》いと衝撃を受けた。

銀龍会と東都建設のトップふたりの会話の中に、建設族の大物議員の名前と三人の親密ぶりが出てきたからだ。

このまま捜査を続けるべきかどうか、捜査本部はさらに上層部に伺いを立てた。それによって、捜査方針は百八十度変わってしまった。

政治的な圧力によって、事実上捜査をストップしろということになったのだ。だが、それを沢木に直に伝えたところで、沢木が納得するはずがない。必ずや公にすると言い出すだろう。

では、どうすればいいか——秘密裏に証拠を隠滅《いんめつ》するしかない。

果たして、それは実行された。それに気づいたからこそ沢木は、あの夜、島田にすべてを話そうと電話してきたのだ。

だが、それもこれも、島田の推測に過ぎない。そこで島田は、自分の推測が正しいかどうか、当時、沢木の身近にいた四課の同僚たちに接触を図ることにした。

ところが、島田は沢木の同僚たちの大半から猛烈な反感を買った。

いかに上からの命令だろうと、同僚を裏切るような真似《まね》をするはずがない。百歩譲ってたとえ誰かがそんなことをしたとしても、それは上からの命令であって、責められることではないというのである。

島田は返す言葉がなかった。そのとおりなのだ。しかも、事件そのものはとうに時効になっているのである。今さら、真相がわかったからといってどうなるものでもないのだ。

そんな中、島田は沢木の同僚で、一番年かさだった大場良一《おおばりょういち》に呼び出された。

大場は警察官を定年退官し、現在は府中《ふちゅう》にある警察学校で教官をしている信頼できる男だ。

島田の推理を聞いた大場は、意外なことを言った。

沢木の部屋からその証拠品を盗み出したのは、自分たち捜査四課ではなく二課の捜査員の仕業ではないかというのである。

島田は不意を突かれた気がした。

二十五年前の新宿・富久町商店街の地上げ問題には、実は四課より先に二課が内偵を進めていたという経緯があったのだ。

それというのも、地上げを裏で画策していると言われていた東都建設は、以前から公共事業の談合疑惑事件が起きるたびに、その名前が浮かんでは消える建設会社のひとつで、民自党の建設族の大物政治家との密接な関係が囁《ささや》かれていたのである。

そして、富久町商店街の地上げが激しくなり、広域指定暴力団の銀龍会系組織の樫田組の影が見えてきたとき、四課の課長と同期で親友の五十嵐《いがらし》という二課の課長が手を組んで捜査することになったのだと、島田も沢木から聞いてはいた。

大場良一は、上層部から圧力がかかれば、暴力団担当の四課はあきらめがついたかもしれないが、それよりずっと以前から狙っていた二課は、建設族議員が東都建設と銀龍会に関係していたと立証できる証拠があるとすれば、何が何でも手に入れようとするのではないかというのである。

さらに大場は、その政治家は今、ゼネコン数社から不正な政治献金があったのではないかとメディアを騒がせている上代英造《かみしろえいぞう》国交大臣であり、彼をそこまで追い詰めることができたのは、二課が二十五年前に沢木から手に入れた証拠品がなんらかの形で役に立ち、秘密裏に捜査が継続されていたからではないかというのだ。

果たしてそうだろうか？　それは、大場のそうであって欲しいという願望に過ぎないのではないか？――島田の思考は、いつもそこで止まってしまうのだった。


「大京生命の保険外交員の殺しの事件《ヤマ》、難航してるようだね」

約束した七時ちょうどに、新宿三丁目の居酒屋「魚安」の奥にある小座敷に着くと、大橋がビールを片手に持って言った。

「ええ、まあ――被害者《ガイシャ》が勤めていた大京生命は、大橋さんの会社とも関係があるんですか？」

大橋からビールを注いでもらいながら、島田が訊くと、

「大京生命といやあ大手だ。いろんな会社と取引があるからね。ま、ウチもそのひとつというくらいで、特に深い付き合いというわけじゃない。だが、あんたが担当してる事件《ヤマ》だと知って、ちょっと調べてみた。殺された遠藤文恵って外交員、かなりやり手だったようだな」

と言った。

「ええ。ちょっとした会社の部長クラスの給料をもらっていたようです」

生命保険の外交員は、その会社によって多少違いはあるが、だいたいにおいて基本給は数万円で、あとは契約を取ってこられるかどうかによって、給料はピンキリである。

そうした中で、遠藤文恵は、年収八百万円ほどもの給料をコンスタントにもらっていたのだから、相当優秀な外交員ということになる。

「ま、器量もいいうえに、口も相当達者だったようだ。さぞ、男にもモテただろうよ」

「そんな噂を耳にしていますか？」

島田は、つい身を乗り出して訊いた。

いくら調べても、遠藤文恵には男の影が出てこないのだ。

「男絡みじゃないのかい？」

大橋は、ポカンとした顔をしている。

どうやら、そんな話を聞いたわけではなさそうだ。

「ええ。仕事柄男女問わず、交友関係はあの年代の普通の女性に比べるとかなり広いですが、異性関係で引っかかるようなことは、今のところ、まったくといっていいほど出てきていないですね」

「へえ、じゃ、あれかね。しこたま貯《た》めこんでいたのかね」

「いや、むしろあの年齢で独り身にしては蓄えは少ないといっていいでしょうね」

島田が唯一引っかかっている点は、そこだった。

遠藤文恵の預貯金は、二百万円弱しかなかったのだ。

仕事柄、付き合いや身嗜《みだしな》みなど単なるOLよりはお金を使うだろう。

しかし、住んでいたマンションも古い物件で、駅からは近いといってもそれほど家賃も高くない。

それに、彼女には金がかかりそうな趣味もあったわけではなかった。

にも拘わらず年収八百万円もありながら、バツイチの四十二歳の女の預貯金が二百万円弱というのは、少なすぎる。

遠藤文恵はいったい何にお金を使っていたのだろう?

やはりもう一度、遠藤文恵の暮らしぶりを洗い直す必要があると考えていると、

「そりゃおかしいなあ。遠藤文恵は、七年前に娘を事故で亡くして、相当な額の保険金が入っているはずだ。そのことで夫婦仲が悪くなって、離婚になったって話だがな」

と、大橋が思わぬことを言った。

「それ、もう少し詳《くわ》しく教えてもらえますか？」

島田は、また身を乗り出して訊いた。

「詳しくといわれても又聞きだよ——なんでも遠藤文恵が保険の外交員をはじめたのは、娘が小学校高学年になったころかららしい。ま、外交員に成り立ては成績を上げるために、まずは身内を自分が扱っている保険に入れるのが常識みたいなもんだから、遠藤文恵も当然、自分、旦那、娘を入れた」

大橋が焼酎を口に含むと、そのあとを受けるように、

「しかし、その娘が中学三年のときでしたね、死んでしまったのは——」

と島田が言った。

「ああ、自宅マンションのベランダから落ちてな。当初は自殺じゃないかとも騒がれたらしいが、遺書めいたものもなかったことから、あやまって落ちた事故死ということで決着したってことだ」

「保険金が下りて、夫婦仲が悪くなったというのは、どういうことですか？」

「？——」

大橋に焼酎を作ってやりながら訊いた。

大橋は、満足そうな顔をして焼酎のお湯割りを受け取って、

「多額な保険をかけていたことから、あることないことといろいろ噂が広まったらしいんだな。旦那は信用第一の銀行員だから、そういう噂が一番困るというわけだ。まあ、そもそも保険の外交員なんて仕事をすること自体に反対だったらしいし、娘の事故も女房が家にいれば起きなかったとか、溜《た》まっていた不満が一気に爆発したんだな――で、かわいいひとり娘を失って得た金なんて要らない、その保険金五千万円は、慰謝料として全部おまえにやるから別れてくれということになったらしい」

そこまで言って、大橋は酒を飲むと、漢方薬を飲んだような苦い顔を作った。

島田も同じひとり娘を持つ父親として、遠藤文恵の夫の気持ちもわからなくはない。

それはともかくとして、遠藤文恵が夫と離婚したのは六年前だ。

この六年間の間に、五千万円を使ってしまったというのか？　いったい何に？　もしかすると、住んでいたあのマンションを購入したのかもしれない――いずれにしろ調べてみる必要がありそうだ。

「ところで、島田さんよ。あんた、まだ沢木殺しのことで、いろいろと嗅《か》ぎまわっているんだって？」

大橋の顔は、すっかり赤らんではいるが、その目は酔っていない。

（おもしろい話を小耳に挟んだので会えないかと言ってきたのは、このことなのか？

――）

島田が答えずに黙ったまま、焼酎を口に運んでいると、

「聞いたよ。あんたが追い詰めた、沢木を殺した真犯人の野村健一が、息を引き取る前にあんたに何を言ったか――」

大橋は右腕をテーブルの上に置いて体を斜に構え、島田の目の奥を覗《のぞ》き込むように見て言った。

刑事が被疑者を取調べるときそのものの雰囲気を醸《かも》し出している。

退職したとはいえ、大橋もまた良くも悪くも根っからの刑事なのだ。

「そうですか――」

島田は目を逸《そ》らさず言った。

誰から聞いたのかなどと訊ねたところで、本当のことを言うはずがないし、知ったところで意味があるとも思えない。

おそらく大橋の古巣の新宿署の署長になっている、沢木の同僚だった外山正弘《とやままさひろ》警視正が親しい新宿署の警察官に話し、それが回り回って大橋にも漏れ伝わったのだろ

う。

「その野村健一が沢木に渡した証拠品の写真と盗聴テープだが、沢木の部屋から盗み出したのは四課の人間じゃないな」

大橋は、やけに自信たっぷりに言った。

「大橋さん、どうして、わたしにそんな話を?」

素朴な疑問だった。

あの事件の捜査に関わったことは関わったが、沢木と親しかったわけでもなく、もはや警察関係者でもなくなっている大橋にとって、二十五年前の真相など、どうでもいいはずなのだ。

すると大橋は、

「あんたが無駄に敵を作ろうとしているからさ。痛くもない腹を探られたら、誰だっておもしろくない。おもしろくないどころか、今ある地位も脅《おびや》かされかねないんだ。どんなことをしてくるか、わかったもんじゃないぜ」

と、脅すような口調で言った。

「わたしを心配してくれているんですか?」

島田は苦笑いを浮かべて言うと、

「迷惑かい？　そうだろうな。あんたは、そもそも、わたしのことをいいように思っていないもんなぁ」

大橋は自嘲《じちょう》の笑みを作って言った。

「大橋さん――」

そんなことはないですよ、と言おうとするのを大橋は遮《さえぎ》るように、

「まぁ、いいさ。そんなことより、小耳に挟んだおもしろい話ってやつだがね。島田さん、あんた、いつだったか、二十五年前のあの事件《ヤマ》はわたしたちの捜査本部とは別に本庁の二課も動いていたって言ったね？」

「ええ――」

と、確認してきた。

「わたしも、それは噂で聞いていた。しかし、あんた、その二課の課長はずいぶん前に病死したらしいって言ったよな？」

「ええ、そう聞いていました。あくまで風の噂ですが――」

「ところが、故郷の熊本で、元気とは言えないまでも、ちゃんと生きているらしいんだよ」

「――のようですね」

島田が事もなげに言うと、

「知ってたのか？」

と、大橋は素《す》っ頓狂《とんきょう》な声を出した。

「つい最近、ある人から聞いて、わたしもちょっと驚きました」

島田は、沢木の同僚であり、現在は警察学校の教官をしている大場良一から聞いたのである。

去年の暮れ、銀座《ぎんざ》の中華料理店に呼び出されて再会したときに、沢木の部屋から証拠品を盗み出したのは二課の連中ではないかと言う大場に、島田は五十嵐課長は今どうしているか知っているかと聞いてみた。

すると大場は、警察を定年退官した五十嵐課長は郷里の熊本に帰って、隠居暮らしをしているらしいと答えた。

そこまでは島田も知っていたのだが、その後、五十嵐課長は郷里で病死したらしいと聞いていたのだ。

そして、今年に入って大場が密かに五十嵐の生存を確かめてみると、やはり生きていると島田に連絡してきたのである。

「それは、おかしくないか？」

大橋が真剣な顔つきになって言った。

「おかしい?」

「どうしてあんただけ、五十嵐課長はもう亡くなっていると聞いたんだ?」

「わたしだけということはないでしょうが……」

そうは言ったが、島田も妙だと思ってはいた。

五十嵐課長が亡くなったらしいと聞いたのは、五年前の四課の田中《たなか》課長が亡くなった葬式のときだという記憶はあるのだが、誰からだったかまでは覚えていない。

確か島田の近くで、二、三人の男たちがそんな話をひそひそとしていたのを耳にしたように思う。

(そうだ。ひそひそ話をしていた男たちは、旭日章を襟肩につけた警察幹部の制服を着ていた男を取り囲むようにしていた。あの幹部は、名前を何と言っただろう?

……)

顔は思い出せるが、名前までは知らない。それほど手の届かないお偉いさんだということだ。

「それを話していたのは、二課の連中じゃないのか?」

おそらくそうだろう。島田が単独で沢木の死の真相を追い続けていることは、警視庁内で知る人は知っていた。

だから、手がかりを途絶えさせるために、田中課長とともに捜査に当たっていた二課の五十嵐課長も死んだということにしようとしたのではないか？——だが、その確証はどこにもないし、今となっては確かめようもない。

「大橋さん、誰から頼まれたんですか？」

島田が唐突に言うと、大橋は一瞬、目を泳がせた。

「なんのことだ？」

大橋は手に持った焼酎のお湯割りに目を落として言った。

「沢木の部屋から証拠品を盗み出したのは、四課の人間ではなく、二課の人間たちに違いない。そう、わたしに思わせるようにしろとあなたに言った人間ですよ」

大橋は無言のまま、じっと焼酎のお湯割りを見つめている。

さっきまでは、野村健一が死に際に何を言ったのかを誰から聞いたのか大橋に訊かずにおこうと思っていたのだが、ここまで踏み込んでこられては島田も黙っているわけにはいかなかった。

「古巣の新宿署の外山署長の線からですか？　それとも赤坂《あかさか》署の蔵元《くらもと》署長の線ですか？」

沢木のかつての同僚で、島田に反感を抱いていそうな人間は、このふたりしかいないし、誰が沢木の部屋から証拠品を盗み出したのか島田が嗅ぎまわることで、今ある地位を脅かされると感じるのもまた、このふたりしかいない。

そして、この抜け目のない大橋のことだ。

どこで彼らと接触する機会を持ったのかは知らないが、仕事で警察の力を借りなければならなくなったときのために、彼らに恩を売ろうと考えたに違いない。

「ふん。まったく、あんたにはかなわんよ――いろんな線だと言っておこう。しかし、わたしも四課ではなく二課の人間の仕業だと思うがね。ま、それはともかく、あんたは沢木を殺した野村健一をとうとう見つけ出したんだ。もう、それだけで充分だろう？」

大橋は、開き直ったように饒舌《じょうぜつ》にまくしたてた。

「今夜は、あなたと会ってよかったと思っています」

島田が得ていない遠藤文恵に関する情報が得られたのは、正直なところ思わぬ収穫だった。

島田はそう言うと、背広の上着の内ポケットから財布を取り出して一万円を抜き、

「それから、あなたにいろいろと吹き込んだ人たちに伝えてください。あなたがたの

不利益になるようなことはしないので、安心してくださいと――」

と言って、その一万円札をテーブルに置いて立ち上がり、部屋を出ていった。

大京生命の保険外交員、遠藤文恵殺害事件に動きがあったのは、大橋と会った夜から三日経った日のことだった。

捜査員たちが三々五々家に帰ろうとしていた午後九時近く、世田谷警察署に奇妙な電話がかかってきたのである。

代表番号にかけてきたその者は、奇妙な声で、捜査本部に電話をつなげと言ってきた。

捜査を指揮している大野《おおの》刑事課長は、捜査員たちを電話の周辺に集めると、オンフックにして、

「はい、こちら生命保険外交員、殺害事件捜査本部――」

と言った。

すると電話機から、

『わたしは、遠藤文恵を殺した犯人を知っている』

と、男なのか女なのかわからない妙に甲高《かんだか》い声が返ってきた。ボイスチェンジャー

を使った声である。

「あなたは、誰ですか？」

『そんなことはどうでもいい。遠藤文恵を殺したのは、高野隆明《たかのりゅうめい》という売れない画家だ』

「タカノ・リュウメイ!?──遠藤文恵さんは、その男にどうして、殺されたんですか？」

大野刑事課長が訊くと、

『金銭問題で揉《も》めていたからだ。高野は再婚話を餌《えさ》に、遠藤文恵にずいぶん金を貢《みつ》がせていた。しかし、いつになっても高野が再婚してくれないことから、遠藤文恵は金を返せと迫るようになった。それが殺した動機だ』

と、聞きづらいが、淀《よど》みなく答えた。

すかさず大野刑事課長が、

「ずいぶん詳しいんですね。遠藤文恵さんとあなたは、どんな関係なんですか？」

と訊くと、そこで突然、電話は切られた。

その場にいた捜査員全員がメモを取る手を止めて、狐《きつね》につままれたような顔をしている中、島田と大野刑事課長の目が合った。

「島田さん、今の密告《タレコミ》、どう思いますか？」

島田より二つ年下の大野刑事課長は、警部であるから警部補の島田より階級は上だが、本庁でも五本の指に入る敏腕刑事と言われている島田には自然と敬語を使ってしまう。

「いたずら電話とも考えられなくはないですが、物言いが断定的でしたからね、その線は薄いでしょう——高野隆明に当たった人間は？」

島田が捜査員たちを見回すと、所轄の吉川《よしかわ》という四十代後半の刑事と彼と組んでいる津村《つむら》という三十代前半の刑事が、軽く手を挙げた。

「被害者《ガイシャ》とは、どういう関係だ？」

大野刑事課長が、じれったそうにして訊いた。

「はあ。被害者《ガイシャ》の顧客という以外は、特に接点があるようには思えませんでした」

吉川が若い津村に目で同意を求めると、

「そうです。高野隆明に我々が当たったのは、単にマル害の携帯電話の電話帳と顧客名簿に名前があったからです。しかし、高野隆明がマル害と連絡を取ったのは、ほんの数回だけということでした」

と、津村は戸惑いを隠せずに言った。

「最近、連絡を取ったのは、いつだって言ってるんだ？」

大野刑事課長が訊いた。

吉川と津村は、手帳を取り出して、

「えー……一ヵ月ほど前だと言っていました。保険の解約をしたいからと、被害者《ガイシャ》に連絡したそうです」

と、吉川が先に答えた。

「一ヵ月前か……その高野隆明ってのは、今の密告《タレコミ》じゃあ、売れない画家だと言っていたが、生計はどうやって立てているんだ？」

大野刑事課長の問いに、

「定期収入は、中野《なかの》ブロードウェイの中にあるビルでやっている、毎読新聞主宰のカルチャーセンターの絵画教室の講師料です。他には不定期で、イラストの依頼があったり、年に何回か個展を開いていますが、そっちの売れ行きは、さっぱりらしいです」

と、吉川が答えた。

「事件当日のアリバイは？」

島田が訊いた。

今度は津村が手帳を見ながら、

「はい。遠藤文恵が殺された二月二十三日の午後八時から十時は、家で絵を描いていたと言っています。高野の家は、中野区野方《のがた》です」

と答えた。

「アリバイは、あやふやというわけか……」

島田がひとり言のようにつぶやくと、

「ええ、まあ——」

と、吉川と津村は参ったなという顔をして頷《うなず》いた。

「よし、明日、任意で引っ張ろう」

大野刑事課長が言った。

「わかりました」

吉川と津村は、力強く頷いた。

「それからさっきの密告《タレコミ》が何者なのか——被害者《ガイシャ》と親しい者だろう。引き続き、被害《ガイ》者《シャ》の交友関係を洗ってくれ」

大野刑事課長は大声で叫ぶように言うと、

「島田さん、他に何かありますか?」

と、小声で言った。

「うん。さっきの密告《タレコミ》だが、どうしてわざわざボイスチェンジャーを使って電話してきたのか？——もしかすると、我々の誰かがすでに会っている人間なんじゃないのかな？」

島田が言うと、

「面倒なことに巻き込まれたくなくて、誰だかわからないように声を変えて電話してきた……」

と、青木が言った。

「ま、そんなところだろう。しかし、いつになっても犯人逮捕という報道がないことから、警察に憤《いきどお》りを感じて電話してきたんじゃないのかな」

そう島田が言ったのを受けて、

「よし、これまですでに当たった人間たちをもう一回洗い直して、被害者《ガイシャ》と高野隆明との関係を知っているやつを探し出すんだ」

と、大野刑事課長がまた大きな声で叫んだ。

翌日、午前十時、任意の事情聴取に応じた高野隆明が、吉川と津村刑事に伴われて世田谷署にやってきた。

作務衣《さむえ》を着た高野隆明は、整った彫りの深い顔立ちで、長く伸ばした白髪が交じる髪の毛を後ろで束ねていて、テレビドラマによく出てくる金のない芸術家の風貌そのものだった。

「あなたの名前は高野隆明、四十四歳、独身。職業は画家。住所は中野区野方五丁目三十三番地、クレールマンション二〇四号室で間違いないですか？」

鉄格子の窓を背にした高野と机を挟んで対峙《たいじ》している吉川が訊いた。その横に津村がいる。

取調室にいるのは、吉川と津村のふたりの他、書記を務める制服警官と高野隆明の四人だが、隣の部屋でマジックミラー越しに島田と青木、大野刑事課長が様子を見ている。

「はい――」

高野隆明は、やけに落ち着いている。

「ところで、先月二十三日、何者かによって殺された遠藤文恵さんという女性を、あなたはご存知ですよね？」

「刑事さん、この前もそう訊いたじゃないですか。ええ、知ってますよ」

高野隆明は、少し顔を曇らせた。

「遠藤文恵さんとは、どういうご関係ですか？」

吉川が訊くと、高野隆明はさらに顔を曇らせて、

「どういうって……だから、それもこの前、答えたじゃないですか。彼女は大京生命の保険外交員で、わたしは彼女に勧められて生命保険に入ったんです。それだけですよ」

と、面倒臭そうに答えた。

「誰かからの紹介だったんですか？」

「ええ。カルチャーセンターに来ている、わたしの生徒さんのひとりから――生徒さんといったって、いいおばちゃんですけど」

それまで顔を曇らせていた高野隆明は、そう言いながら、一瞬、ほん少しだがうっすらと笑みを浮かべた。

その笑みを逃さずに見た島田は、何故かはわからないが、背筋にぞっとするものを感じた。

「では、遠藤文恵さんが殺された日――二月二十三日の夜、八時から十時の間だが、高野さん、あなた、どこでなにをしていたのか、もう一度教えていただけません

か?」

吉川が言うと、

「ああ、そのことなんですけどね、わたし、この前は勘違いをしていました。その日の夜は、ここからも近い三宿二丁目にある野中メンタルクリニックというところで、カウンセリングを受けていたんです」

と、高野隆明は余裕たっぷりに答えた。

(なんだって⁉)

島田は思わず心の中で叫んだ。そこにいた誰もが同じだったに違いない。

あやふやだと思っていたアリバイを覆《くつがえ》したばかりでなく、よりにもよって遠藤文恵と殺される翌日に会う約束をし、約束どおりこなかったがためにそのマンションを訪ねて、図らずも第一発見者となった野中礼子といっしょにいたというのである。

「おい、出鱈目なことを言うな!」

吉川も思わず興奮し、椅子から腰を上げて、高野隆明ににじり寄るようにして声を上げた。

が、高野隆明は、まったく動じず、

「本当ですよ。信じられないというのなら、院長の野中さんに確かめてくださいよ」

と口の端に笑みを浮かべて言った。

（本当なのか……）

島田が訝《いぶか》しい顔をしてマジックミラー越しに、高野隆明を見ていると、

「あの男は嘘をついています」

と、青木が冷静な口調で言った。

「どうしてだ？」

島田が訊いた。

「はい。昨夜、高野隆明が住んでいるマンションに行って、彼の両隣りと上下の部屋の住人に事件当日、高野隆明の部屋から何か物音は聞こえなかったかと訊いてみたんです。そうしたら、その時間に部屋にいた左隣りと下の階の住人が八時半ごろ、ドタンバタンと激しい物音がして誰かと争う声がしていたって言ったんです」

「本当か⁉」

大野刑事課長が確認した。

「ええ、何度も確認しましたから、間違いありません」

昨夜、島田と別れた青木はひとりで高野隆明のマンションに向かったのだ。

（やるじゃないか――）

島田は頼もしそうな目で青木を見た。

青木が島田とコンビを組むようになって、まだ一年も経っていない。

今年二十七歳になる青木達也警部補は、東京大学法学部卒業の、その年にわずか十数名しか採用されないキャリアの中でも、トップの成績で警察庁に入庁したスーパーエリートである。

キャリアは入庁した時点ですでに警部補の階級が与えられ、一年後には無試験で警部に昇格するのが普通である。

彼らは二十七、八歳には警視正になり、小さな警察署の署長になっている者もいるほどの若きエリートたちなのだ。

それに比べてノンキャリアは、どんなに早く出世したとしても五十代で警視長になれるのが関の山という雲泥《うんでい》の差がある。

しかし、青木は昇進を拒みつづけ、いまだ現場の、しかも捜査一課の刑事をつづけたいとしている、いわば変わり者である。

中学・高校時代、いじめにあっていたという青木が警察庁に入ったのは、一般の会社と違って完全な階級社会だからだという。

キャリアで入庁すれば、年齢の上下も経験の有無も関係なく、上に立てると思ったからだというのだ。

しかし、入庁した青木はそんな考えが間違いだったことにすぐに気づいた。現場でヘマをした若いキャリアが、部下で相当年上のノンキャリアの刑事に椅子ごと足蹴《あしげ》にされたのを何度も見たからである。階級が上がっても、捜査の現場を知らなければなんの意味もない――そう痛いほど感じた青木は、命の危険と隣り合わせと言われる捜査一課の刑事を希望したのである。

そして、島田と組むことになったのだが、組みはじめのころは頭でっかちで、足手まといになることばかりだった。

それが一年も経たないうちに、こうして島田も感心するほどの素早い裏取りをするまでに成長したのだから、青木はやはりそもそも優秀なのだろう。

「その住人たちは、高野が部屋にいたことを確認しているのか？」

島田が言うと、青木は悔《くや》しそうに顔を歪《ゆが》めて、

「いえ――あんまりうるさいので、よほど文句を言いに行こうと思ったらしいんですが、その前に騒ぎが収まって高野の部屋にはいかなかったそうです」

と答えた。

「それじゃ、なんとでも言い逃れはできるな……」

島田は、やけに落ち着いた様子で吉川の取調べを受けている高野隆明を睨《にら》みつけるようにして言った。

「しかし、殺害現場は、高野のあの部屋である可能性は高いですよ。室内を調べれば、血液反応はきっと出ます。課長、令状《フダ》取れないでしょうか⁉」

青木は大野刑事課長に詰め寄るようにして言った。

「おいおい、昨日の密告《タレコミ》と住人たちのその証言だけで、令状《フダ》を取るのはいくらなんでも乱暴だ……」

大野刑事課長は苦しげな顔をして言った。

当然である。捜査令状を取って捜索し、なんの証拠も出てこなかったとしたら、高野隆明に訴えられても致し方ないのだ。

そうなれば、マスコミはここぞとばかりにこぞって警察を叩きはじめ、大野刑事課長はもちろんのこと、世田谷署の署長までなんらかの処分を受けることになってしまう。

「島田さん——」

青木は応援を求める目で見ている。

島田からも捜査令状を取るように言えば、大野刑事課長も渋々承知するのではないかと思ったのだろう。

そんな青木に島田が、

「遠藤文恵が殺害された二月二十三日の午後八時から十時の間、高野が本当に野中礼子のところでカウンセリングを受けていたかどうか確かめるのが先だ。それから、遠藤文恵と高野隆明との関係を明らかにすることもな」

と言うと、

「わかりました」

と青木は答えて引き下がり、大野刑事課長は胸を撫で下ろしたような安堵した表情を見せた。

「高野さん、あんた、さっき殺された遠藤文恵さんとは、保険の外交員と顧客の関係だけだと言ったけどね、あんたと遠藤さんは交際していた。遠藤さんは、あんたにずいぶんと金を貢いでいたという話があるんですよ」

マジックミラーの向こうでは、吉川が問い詰めている。

「誰がそんなことを？」

高野隆明は、しれっとした顔をしている。

吉川は構わず、

「あんたは、遠藤さんに結婚しようと持ちかけていたっていう話もある。だが、貢がせておきながら、いつまでたっても結婚しようとしない。高野さん、あんたに騙《だま》されているんじゃないかと思った遠藤文恵さんは、金を返せと言うようになった。で、あの夜、彼女の自宅に行ったあんたは、遠藤文恵さんを刺してしまったんじゃないんですか⁉」

と、大きな声を上げた。

しかし、高野隆明は動じるふうもなく、

「冗談じゃない。これじゃ、まるで容疑者扱いじゃないですか。わたしは、あなたが任意で事情を聞きたいと言うから来たんです。わたしは売れない画家だが、これでも春には個展を開く予定になっているんだ。こんなことで時間は取られたくない。帰らせてもらいますよ」

と、立ち上がった。

「あのまま帰らせるんですか？」

マジックミラー越しに見ている青木が、島田と大野刑事課長のふたりの顔を交互に見て言った。

大野刑事課長は、「どうする？」と言いたげな顔で島田を見た。

「必要になったら、何度でも来てもらえばいいだけのことさ――」

島田は、高野隆明を睨みつけて言った。

島田の心証では、高野隆明は完全にクロになっている。

あとは、どう固めていけばいいかだけである。

「青木くん、野中礼子に連絡を取って、訊きたいことができたので時間を作ってもらうように言ってくれ」

「わかりました」

青木は部屋を出ていき、野中礼子に連絡を取るために捜査本部へと向かった。

「島田さん、高野隆明をどう見ています？」

大野刑事課長が、ふたりきりになるのを待っていたかのように訊いてきた。

島田は、脳裏に「生徒さんといったって、いいおばちゃんですけど」と言ったときの高野が、顔に一瞬浮かべた酷薄な笑みを思い出しながら、

「ヤツはクロだ――」

と、きっぱりと言った。

その島田の顔を見つめていた大野刑事課長は、同感だとばかりに力強く頷いた。

昼飯を食べ終えた島田と青木は、約束を取りつけた午後一時に、野中メンタルクリニックを訪れた。

「ええ、二月二十三日の午後八時から九時半まで、高野隆明さんは確かにここでカウンセリングを受けていました。これが、そのときの受付記録です――」

待合室のソファに座った島田と青木に、野中礼子は助手の女から受付記録を受け取って言った。

「この時間、彼女はいなかったんですか?」

青木が受付にいる助手の女を目で指して訊いた。

「ええ。彼女は、午後六時までですから――」

「ということは、あなたは高野隆明がこちらに来たのを見ていない?」

島田が訊くと、

「え、ええ。午後八時には自宅にいましたから」

と、助手の女は戸惑った顔で答えた。

「何をおっしゃりたいんですか?」

野中礼子は、冷静を装ってはいるが、声が明らかに不愉快だと言っている。

「高野隆明のアリバイは、あなたの証言でしか可能にならないということを確認しただけです」

島田が、ずばり言うと、

「それじゃあ、わたしが高野さんと口裏を合わせていると？」

野中礼子は目を剝《む》いた。

「いえ、そうは言っていません」

「言ってるのと同じです。どうして、わたしがそんなことをしなければならないというんですか？」

「ひとつ訊いていいですか？　高野隆明が、こちらにカウンセリングに来たのは何度目ですか？」

島田が畳みかけるように訊くと、一瞬、野中礼子は目を泳がせたが、

「二月二十三日が、はじめてです。それが何か？」

と、すぐに落ち着きを取り戻して言った。

「高野隆明がこちらにカウンセリングに来たのは、当然、亡くなった遠藤文恵さんからの紹介なんですよね？」

「ええ。芸術家で、悩みも普通の人より複雑だから、よろしくと頼まれました」

「遠藤文恵さんと高野隆明が、男女の関係にあったという人がいます。野中さん、あなたはどう思いますか？」

島田がまっすぐに目を見て言うと、野中礼子は、

「さあ。わたしにはわかりません」

と表情を変えずに答えた。

「そうですか——実はふたりが男女の関係にあったと言ったその人は、遠藤文恵さんを殺害したのは高野隆明で、動機は金銭トラブルだと警察に通報してきたんです」

島田がそう言っても、野中礼子の表情は何ひとつ変わらない。

「遠藤文恵さんは、高野隆明に金銭をかなり貢いでいたというんですが、彼女はそのことで悩んでいたというようなことはなかったですか？」

遠藤文恵の銀行通帳から、お金が高野隆明に送金されたという形跡は見つかっていないが、毎月ひとり暮らしにしては多額のお金が引き出されている。

また、娘を亡くして下りた保険金の五千万円は、やはり住まいのマンションを買ったときに使ったことが判明している。

「知りません。少なくとも、わたしはそのようなことは遠藤さんからは聞いていません」

野中礼子は、きっぱりと言った。

「では、最後の質問です。警察に電話してきたその人物は、遠藤文恵さんと親しかった人間だと見てまず間違いありません。その人が誰か心当たりはないですか？」

島田が訊くと、野中礼子は、しばらく考える顔をしていたが、ゆっくりと首を振った。


三日後、今度は島田と青木が高野隆明のマンションを訪ねて、世田谷署まで任意同行を求めた。

「任意同行」は、刑訴法一九七条第一項に規定されているもので、〝任意〟と名前はついているが、同行を拒否する際に少しでも警察官に触れれば「公務執行妨害」が適用されて身柄を拘束できる。

つまり、「任意同行」を求められれば、事実上、取調べを拒否することなど不可能に近いのである。

「あなたの知り合いの遠藤文恵さんが殺された二月二十三日の午後八時から十時の間ですが、その時間、あなたの部屋の左隣りと下の住人のふたりが、あなたの部屋からドタンバタンという激しい物音と、誰かと言い争っている声がしていたと証言しています。あなたはその時間、自分の部屋に誰かと一緒にいたんじゃないですか?」

取調室の部屋で、高野隆明と向き合って座っている青木が淡々とした口調で訊いた。

「いませんよ。この前も別の刑事さんに言ったとおり、その時間は野中メンタルクリニックでカウンセリングを受けていたんですよ。確認しに行ったんじゃないんですか?」

高野隆明は、不敵な面構えで挑戦的に答えた。

「ええ、確認しに行きました。確かに野中メンタルクリニック院長の野中礼子さんは、その時間、あなたのカウンセリングを行っていたと証言しました」

「じゃあ、何も問題ないでしょ?」

「いえ——野中メンタルクリニックがあるマンションには防犯カメラが無くて、あなたがその時間に行ったという証明は、野中礼子さんの証言だけなんですよ」

「あの野中院長も嘘をついているっていうのか? なんのためにです?」

「それがわたしたちにもわからないんですよ。彼女がそんな偽証をしてもいいことなど、何もありませんからね。それとも口裏を合わせればいいことがあるように、あなたが何か持ちかけたとか?」

青木が言うと、高野隆明は、

「いい加減にしてくれないか――」

と、うんざりした顔を作って言った。

青木は、ふうっと大きく息をついて、

「別の質問をします。あなたは以前、殺された遠藤文恵さんとは、保険の外交員とその顧客の関係というだけだと言いましたね？」

「――はい……」

「あなたが最後に彼女と電話で連絡を取ったのは、一ヵ月ほど前のことで、用件は保険の解約をしたいからだということでしたね？」

「ああ、そうですよ。それがどうかしたんですか？」

「それもおかしいですね。あなたのマンションの住人で、遠藤文恵さんが、以前から週に一度から二度の割合で、あなたの部屋を訪ねているのを見ている人がいるんですよ。しかも複数です」

「知らないッ……誰かと見間違えているんだッ。いったいどいつだ、そんな出鱈目を言ってるやつは――」

高野隆明は食ってかかった。

が、青木はまったく動じるふうもなく、

「あなたと遠藤文恵さんは、携帯電話を持っているにも拘《かか》わらず、連絡を取り合うときは公衆電話からだったようですね。いや、遠藤文恵さんとだけではなく、交際している女性とはいつもそうしていた。何故か？　誰からも足がつかないようにするためです。違いますか？」

と、畳みかけた。

島田と青木は、ここ数日の間で、高野隆明が教えているカルチャーセンターの絵画教室に通う生徒たちから、彼が過去に数人の生徒と不倫交際していたことがあるらしいという話を聞くことができた。

そして、高野隆明に結婚話を餌に、ずいぶん金を貢がされた揚げ句に浮気をされて別れたという女性を突き止めることができたのである。

その女性によると、高野隆明のほうから、連絡を取り合うときは、公衆電話から携帯電話にかけるようにすると決められていたというのだ。

高野隆明は、手の指に力を込めて膝がしらを鷲掴みにしながら、なにか逃げ道はないかと考えているように見える。

「高野さん、本当のことを正直に話したほうがいいと思うがな」

それまで青木の横で黙って見ていた島田が、高野隆明に諭《さと》すような口調で声をかけた。

高野隆明は顔を下に向けて、どうすべきか迷っているように見えたが、ついに何も語らないまま黙秘を貫いた。

高野隆明は、いよいよ限りなくクロに近くなってきたが、あくまでも状況証拠に過ぎず、このまま勾留するというわけにはいかない。

そして、高野隆明が世田谷署を出たとたん、騒ぎが起きた。隠れて待ち構えていた十数人の報道陣が、いっせいに高野隆明を囲んで、マイクを向けはじめたのだった。

「高野隆明さんですね？　あなたが、遠藤文恵さんを殺害したという文書が、報道関係各社に送られてきているんですが、本当なんですか？　遠藤文恵さんとは、どんな関係だったんですか？」

整った顔立ちをしているが、化粧のどぎつい三十歳くらいの女が興奮した甲高い声で訊いている。

（なんだって⁉）

世田谷署の入口で見送っていた島田は、思わず心の中で叫んでいた。

「署にタレ込んできたやつの仕業ですかね」

隣にいた青木も驚いた顔で言った。

「わからん。わからんが、その可能性は高いな」

島田が言うと、

「どんな文面だったのか、確かめてきます」

青木は、手で顔を覆って報道陣のカメラから逃れようとしている高野隆明のもとに駆け寄っていった。

高野隆明が死んだという知らせが入ったのは、二度目の事情聴取を終えてから、三日後のことだった。

昨夜から宿泊していた新宿ロイヤルホテルの一室で、浴室のドアの取っ手にバスローブの腰紐《こしひも》を使って首を吊って死んでいるのが、チェックアウトの時間を過ぎても精算しに来ず、部屋に電話しても出なかったことから不審に思い、様子をうかがいに来た客室係によって発見されたのである。

二度目の事情聴取のとき、遠藤文恵を殺したのは高野隆明だという内容の文書が報道関係各社にファクスされて以降、マンションにまで報道陣が押し寄せるようになってしまい、そのホテルに身を隠していたということのようだ。

そして、テーブルの上にはノートパソコンが、電源を入れたまま置いてあり、ワープロ画面が開かれていて、

「わたしは、殺人などしていない。にも拘わらず、わたしを犯人扱いし、画家生命をも奪った警察に対して死をもって抗議する」

と書かれていた。

「まさか、自殺するとはな……」

現場に駆け付けた吉川が、悔しそうに顔を歪《ゆが》めて言った。

「これが大っぴらになれば、我々はマスコミから袋叩きですよ」

吉川のそばにいるコンビの津村が小声で言った。

「一度目はしょうがないにしても、二度目の聴取は犯人だと決めにかかっていたからなあ」

吉川は、非は自分たちではなく、あたかも島田と青木にあるかのような物言いをしている。

むろん、事件解決のためにはなんにもならない。保身のためだ。

そんな吉川の声が耳に届いていたが、島田はまるで聞こえなかったかのごとく、

「だいたいの死亡推定時刻は、わかるか？」

と、顔色ひとつ変えずにパソコンが置いてある、窓辺のテーブルの近くにいた鑑識課員に声をかけた。

「そうですねえ――遺体の硬直度合いからみて、昨夜の九時から十一時といったところでしょうか」

浴室の前の床に腰を落として動かなくなっている、高野隆明のそばにいた鑑識課員が答えた。

「鑑識さん、これは何ですかね？」

死亡推定時刻を答えた鑑識課員のそばにいた青木が、高野隆明が着ている作務衣の胸のあたりを指で示して訊いた。

濃い紺色の作務衣のその部分をよく見ると、そこだけうっすらと黒くなっている。

「何かで焦がしたような痕《あと》みたいですねぇ――あとで詳しく分析して、報告します」

「お願いします」

青木が言うと、

「ここは鑑識さんたちに任せて、わたしと青木くんは、高野隆明のマンションの部屋に行こうと思っているんだが、君たちはどうする？」

島田が吉川と津村を見て言った。

津村は、「どうしますか？」という顔で吉川を見ている。

「自分たちは、ここに残ります」

と、吉川は答えた。

「そうか。じゃ、鑑識さん、ここが終わってからで構わないから、あとで何人か高野隆明のマンションに来てくれないか」

島田がそう言うと鑑識課員たちは頷き、島田と青木はその場を後にした。


「島田さん、高野隆明のあの死に方、どう思いますか？」

新宿ロイヤルホテルの地下駐車場に止めてあった捜査車両に乗るとすぐに、運転席の青木が訊いてきた。

「その言い方は、自分は自殺じゃないと見ていると言っているようなもんだな」

島田は苦笑を浮かべて言った。

「島田さんは、自殺だと見ているんですか？」

車を発進させて、新宿の路上に出た青木は怪訝《けげん》そうに眉間に皺を寄せて、ちらっと島田を見て言った。

「あの高野が自殺する理由が、今ひとつよくわからん。それに遺書をああしてパソコンなんかで書くものかな……」

「同感です。誰かが自殺に見せかけて殺したんじゃないでしょうか」

「しかし、誰が、何のために高野隆明を殺さなきゃならなかったのか？……」

島田が自問するように言うと、

「ええ。それがさっぱり見当がつきません。ただずっと気になっているのは、捜査本部にタレ込んできた人間です。遠藤文恵と高野隆明のふたりと、どんな関係にある人物なのか、まったく摑めないというのも不思議です」

あの密告者と報道関係各社にファクスを送った人間は、おそらく同一人物であることは間違いない。

どこからファクスしたのか調べると、コンビニエンスストアからだということがわかり、現在、都内のコンビニというコンビニをしらみつぶしに当たって、送った時間にコンビニの防犯カメラにそれらしい人物が映っていないかどうか全力を注いで調べているが、判明するかどうかはなんとも言えないところである。

「まったくだな——ま、しかし、令状《フダ》を取らなくても高野の部屋を捜索できることになるとは思ってもいなかったな。何か出てくりゃいいが……」

青梅《おうめ》街道から環状七号線に入った。

高野隆明が借りていた中野区野方のクレールマンションまでは、もうすぐである。

「島田さん、職務中にこんな話をするのはなんですが、瑠璃さんのおじいさん――河合敬一郎《けいいちろう》さんから、島田さんは元気でやっていますかと訊かれました」

青木は緊張した面持ちで、前をまっすぐに見ながら言った。

「そうか――」

青木から唐突に義父である河合敬一郎のことを持ち出され、島田はどう返答していいのか戸惑った。

一年と少し前に乳癌で亡くなった妻の美也子の父親で、七十八歳になる河合敬一郎もまた大腸癌を患って、半年ほど前から信濃《しなの》町の慶應《けいおう》義塾《ぎじゅく》大学病院に入院している。

「あの――島田さんに会いたがっているようでした」

青木は、ガチガチに緊張している。

「瑠璃と一緒に会いに行ってくれたのか？」

島田のひとり娘の瑠璃は、青木と時折会っているようなのだ。

どこまでの関係かは知らない。

青木に言わせると、お互いに都合のいいときに食事をしたり映画を見たりする友達の関係だというのだが――。

「はい。非番のときに、何度か――」

「何度か？」

驚いた。島田でさえ、まだ二度しか見舞いに行っていないのだ。

河合敬一郎は、生涯一巡査を貫いた外勤警察官の鑑《かがみ》のような人間である。

島田が美也子と結婚してからも、河合敬一郎は島田のことを「さん」づけで呼んだ。

河合敬一郎の時代の警察官は、徹底的な軍隊的教育を受けており、自分より階級が上の警察官には絶対的敬意を払うものだと叩き込まれているのだ。

島田も島田で河合敬一郎を「お義父《とう》さん」と呼んだことはない。

叩き上げの外勤警察官の鑑のような河合敬一郎を、安定した職業である公務員として警察官を選んだ自分が軽々しく「お義父さん」などと呼ぶのははばかられるという想いが、島田にはどうしてもあるのだ。

互いがそうだからなのだろう。ふたりになると、どうもぎこちない雰囲気になり、会話もすぐに途絶えて気まずくなってしまう。

まして今、河合敬一郎は余命があまりないのである。

そんな河合敬一郎を見舞い、どんな話をしていいのかと思うと、自分でも薄情だとは思いながらも、つい病院に足が向かなくなるのだった。

「すみません。しかし、お見舞いに行っていたことを黙っていたのは、故意ではなく、なんとなくそういう話をすることがなかっただけで、他意はありません」

島田が気分を害したと思ったのだろう、青木は表情を硬くして言った。

「悪いことをしているわけじゃないんだ。何もあやまることなんてないさ。いや、むしろ、礼を言わなきゃならん」

「いえ、そんな――」

「で、義父はどんな様子だった?」

「はあ、やはり食欲は、日に日になくなっているとおっしゃっていました」

「そうか……」

「でも、瑠璃さんが言うと、ちゃんと食べるんです」

「うん――」

河合敬一郎にとって、唯一血のつながった肉親であり、娘の美也子が産んだ孫である瑠璃は何物にも代えがたい大切な人間なのだ。

「あの――瑠璃さんから、忙しいだろうけど時間を作って、おじいちゃんを見舞って欲しいと島田さんに伝えてくれないかと言われました……」

青木も板挟みになってしまっているのだ。

そんな青木が気の毒なような、それでいて何を親子の問題に口を出しているのだという腹立たしい気分にもなってくる自分に、島田は戸惑っていた。

（瑠璃と君は、いったいどんな関係なんだ⁉）

島田は、そう問い質《ただ》してやりたい気持ちを抑えながら、

「義父のところには、わたしも近いうちに行こうと思っているよ」

と、精いっぱい冷静を保って言った。


中野区野方五丁目のクレールマンションに着いた島田と青木は、事前に連絡を取っていた管理人を立会人にして、高野隆明が借りていた二〇四号室に向かった。

「では、終わりましたら、声をかけてください」

ドアを合鍵で開けてくれた管理人は、そう言うと部屋から去っていった。

「足の踏み場もないとは、このことだな」

高野隆明の部屋に入った島田は、思わず顔をしかめて言った。

１ＬＤＫのダイニングには空の酒瓶、コンビニの弁当箱や絵画に関する本などが散乱しており、床が見えないほど物であふれているのだ。

リビングもまた画材や脱ぎ散らかした衣類が散乱して、異臭を放っている。

寝室になっている部屋に行くと、これまで描いた油絵が無造作に重ねられて、壁に立てかけられていた。

何気なく一枚一枚めくるように見てみると、風景画よりも裸婦を描いたものが多く、絵心のない島田だが、どこか暗い淫靡な作風のような気がする。

「ン？――」

島田は、めくっていた手を止めて、その一枚の絵画に注目した。

それは、まだ大人とは言えない、胸の膨らみも小さくて硬そうな痩せた少女のヌードで、椅子に座って何かに耐えているような悲しげな眼をしていた。

(誰だ？――どこかで見たことのある子だ。しかし、思い出せない……)

島田がその絵をじっと見ていると、

「島田さん！」

と、青木が興奮した声で呼んだ。

「どうした？」

見ると、青木はベッドのすぐ横のフローリングの床に這いつくばっていた。

「これ――血痕じゃないですかね？」

島田も青木の横に膝を落として、青木が指さしている部分を見ると、確かにそこの部分だけ床が赤黒くなっている。

「確かに、そのようだな……」

「遠藤文恵は、やはりここで殺害されたんですよ」

「鑑識が来れば、じきにはっきりするさ――!?……」

そこまで言ったとき、島田の脳裏に突然ひとりの少女の顔が浮かび、島田はバネ仕掛けの人形のように立ちあがった。

「どうしたんです？」

驚いた顔で青木が見ている。

島田は、再び、さっき見ていた少女の油絵を手に取って見やると、絵の下のほうに書かれている日付を確かめた。

「七年前……」

「それがどうかしたんですか？」

青木は、訳がわからずポカンとした顔で、その絵を見ながら訊いた。

「殺された遠藤文恵の娘が、事故で亡くなったのも七年前だ。よくこの絵の顔を見てみろ。遠藤文恵の部屋にあった家族写真の娘の顔にそっくりだと思わないか!?」

「──すみません。よく覚えていません」

青木は申し訳なさそうに言ったが、島田はそんなことには構わず、

（あの子に間違いない。しかし、何故、高野は殺した遠藤文恵の娘をモデルに絵を描いていたんだ？……）

と、心の中で自問自答していた。


四日後、島田と青木は、野中礼子が診療をはじめる前の朝の九時に、住まいとして借りているクリニックの真上の部屋を訪ねた。

出迎えた野中礼子は、露骨に迷惑そうな顔をしたが、

「あなたのおかげで、遠藤文恵さんを殺害した犯人が、ようやくわかりました」

と言うと、一瞬、「え⁉」と言う表情になった。そしてすぐに平静をとりもどして、

「わたしのおかげ？」

と、訝《いぶか》しい顔を向けた。

「ちょっとよろしいですか？」

部屋に入ってもいいかという意味である。

「あぁ、どうぞ、お入りください」

野中礼子は、ふたりを部屋へと招き入れた。

「野中さんは、高野隆明が亡くなったことはご存じですか?」

必要最低限の調度品と家具しか置かれていないリビングのソファに座った島田が、キッチンでコーヒーを入れている野中礼子に訊いた。

「はい。新聞で——自殺するなんて、驚きました」

コーヒーを運んできながら野中礼子は言った。

「自殺かどうかはまだ——警察は、自殺と他殺の両面から捜査しています」

青木が言うと、

「他殺って——でも、ホテルの浴室で首を吊って、遺書もあったって……」

と、野中礼子は怯《おび》えた顔をして言った。

「ええ、まあ。そのことについては追々話すとして、わたしたち、一昨日《おととい》、七年前まで高野隆明が勤めていた埼玉県所沢市の中学校と所轄の警察署に行ってきましてね」

島田が、コーヒーをひと口飲んでから言った。

「はあ——」

野中礼子は、なんと言ったらいいのかわからないという顔をして、ふたりと向き合っている。

「行ってみてよかったです。とても興味深いことがわかりました。あなたはご存知でしたか？　遠藤文恵さんの娘さん、由美《ゆみ》さんというそうですが、その子がその中学校の美術部に所属していて、高野隆明がその美術部の顧問だったということを？」

島田が野中礼子の顔を覗き込むようにして訊いたが、野中礼子は膝に置いた手に目を落としたまま、何も答えなかった。

「では、これは、ご存知ですか？――当時、中学三年生だった遠藤由美さんは自宅のベランダで足を滑らせて転落死したことになっていますが、彼女はそのとき妊娠六ヵ月だったことから、それを苦にした自殺ではないかという噂がずいぶんあったそうです。しかし、遺書らしきものもなく、相手が誰だったのかわからずじまいだったことから、警察は事故死ということで落ち着かせた」

重苦しい沈黙が、部屋中に流れた。

やがて、野中礼子は顔を上げて、キッと睨みつけるように島田を見ると、

「刑事さん、いったい何をおっしゃりたいんですか？」

と言った。

島田は野中礼子の視線をしっかり受け止めて、

「わたしは、遠藤由美さんを妊娠させたのは、高野隆明ではなかったかと考えている

んですよ」

と言った。

野中礼子は、顔色ひとつ変えず、コーヒーを口に運んでいる。

「まだ中学生の由美さんにとって、憧れていた高野先生に無理やり、そんなことをさせられるなんて、まさに悪夢だった。だが、その悪夢は幾度となくつづいたんです。彼女は誰にも言えず、ひたすら耐えた。しかし、気づいたとき、すでに中絶できない妊娠六ヵ月になっていた――友達にも、もちろん両親にも相談できなかった由美さんにできることは、自ら命を断つことだった……」

ふたりの間を疑う噂がないわけではなかった。

同じ美術部に所属していた生徒たちは、顧問だった高野隆明が、絵が上手で美少女だった由美に特に目をかけ、たびたびモデルになってもらって絵を描いていたことを知っていたからである。

だが、高野隆明は表向きはとても紳士で、同僚にも生徒たちにもやさしく、まさかそんなことをするような人間には見えなかった。

それに由美自身、両親に高野隆明がいかに良い教師であるかを事あるごとに言っていたから、由美の両親は相手が高野隆明ではないかなどと想像さえしなかったのである。

「かわいいひとり娘を失った両親は離婚し、住んでいた埼玉県所沢市から離れた。一方、高野隆明も由美さんが亡くなって半年後、教師を辞めて東京に移り住み、画家一本の道を選んだ。皮肉なことに死んだ由美さんをモデルにした絵が、絵画の世界では有名なコンクールで佳作に入ったからです」

しかし、画家の道はそんなに甘いものではない。絵を描き、それを売って暮らせる画家は、ほんのごく一部の人間である。多くの画家は副業を持つか、スポンサーを見つけなければやっていけないのが実情なのだ。

高野隆明もご多分にもれず、なんとかカルチャーセンターの絵画教室の講師の職を得、他にもイラストを描いたりしたが、とてもそれだけでは暮らしは成り立たず、カルチャーセンターにやってくる金持ちの主婦のツバメのようなことをして金を得る生活をするようになった。

そんなあるとき、夫と離婚し、生命保険の外交員としてバリバリと働く遠藤文恵と高野隆明は思わぬ再会をしたのだった。

夫と別れて六年、仕事ひと筋でやってきた、まだ女盛りの遠藤文恵が、死んだ娘が憧れていた美術部の顧問教師で、未《いま》だ独身を通していた高野隆明と深い関係になるのに、それほど時間は必要なかった。

遠藤文恵は、結婚話を餌《えさ》に金を無心する高野隆明に、当初はなんの疑いもなく応じていた。

だが、高野隆明に複数の女の影を感じるようになり、いつになっても結婚してくれないことで口論が絶えなくなった。

そんなとき、遠藤文恵は野中礼子と知り合い、悩みを訴えたのである。

「あなたは、高野隆明のような男とは別れたほうがいいと言ったはずだ。だが、遠藤文恵さんは、なかなか踏ん切りがつかなかった。それほど、遠藤文恵さんは高野隆明に惚《ほ》れていたんでしょう。しかし、貢いだ金のことで高野隆明と口論になって、それで高野隆明が遠藤文恵さんを殺したとは、わたしにはどうしても思えない」

そう言った島田に対して、野中礼子は、

「では、遠藤さんを殺害した犯人は、いったい誰だというんですか？」

と、じれったそうに訊いた。

「高野隆明です」

今度は青木が、きっぱりと答えた。

「!?――だって、たった今そちらの刑事さんが、犯人は高野さんじゃないって……」

野中礼子は青木から島田に目を移して言った。

そんな野中礼子に島田は力なく首を横に振り、

「わたしは、高野隆明が犯人ではないとは言っていない。貢いだ金のことで口論になって殺されたのではないんじゃないかと言ったんですよ。つまり、高野隆明が遠藤文恵さんを殺した動機はそんなことではなく、高野隆明が娘の由美さんを妊娠させ、自殺に追い込んだ相手だったということを遠藤文恵さんが知ったから、殺されたのではないかと考えているんです」

と言った。

すると、野中礼子は、

「――違うッ……それは違います……」

と、呻《うめ》くように言った。

「違う？　どう違うんですか？」

青木が素早く突っ込んだが、野中礼子は両手を強く握りしめたまま、口を開こうとはしなかった。

再び、沈黙が流れてしばらくして、

「ああ、言い忘れましたが、遠藤文恵さんが殺された二月二十三日の午後八時から十時の間、高野隆明があなたのカウンセリングを受けていたというのは嘘です。何故なら、その時間、高野隆明は自分の部屋で遠藤文恵さんと一緒にいて、そこで彼女を殺害したからです。彼の部屋から、遠藤文恵さんの血痕が発見されましたから、これは間違いありません。高野は自宅で遠藤文恵さんを殺して、夜中に彼女の部屋に死体を運んだんでしょう。では、どうして、あなたは高野隆明のアリバイを証言したのか？――それが、最後まで残った最大の疑問でした」

と、島田が言った。

野中礼子は、何かを考えているような顔をして、身を硬くしたまま黙っているだけである。

「では言いましょう。遠藤文恵さんが殺されてから十日経ったとき、捜査本部にボイスチェンジャーを使って電話し、遠藤文恵さんを殺したのは高野隆明という売れない画家だと密告し、それから報道関係各社に同じような文面のファクスを送りつけたのは、野中礼子さん、あなたですね？」

島田はそう言って、上着の内ポケットから防犯カメラに映っている野中礼子の写真を三枚、テーブルの上に置いて差し出した。

「ここのマンションから、一キロメートルほど行ったコンビニの防犯カメラに映っていました。報道関係各社に送った時間と、ほぼ同じ時刻にファクシミリを操作しているあなたの姿が映っています」

「それが――どうしたというのですか？……」

野中礼子は、消え入りそうな声で言った。

「では、この写真も見てください」

今度は、青木が上着の内ポケットから、すかさず別の写真を取り出した。

「これは、高野隆明が死んだ日の午後九時半ごろ、新宿ロイヤルホテルのロビーにある防犯カメラが、あなたの姿を捉えた写真です。あなたは、あの夜、高野隆明の部屋に行き、彼を自殺に見せかけて殺したんじゃないんですか？」

青木にそう問い詰められた野中礼子は、顔を蒼白にさせながらも、

「いったいどこにそんな証拠があるんです……」

と言った。

「その手の甲の絆創膏《ばんそうこう》、どうしたんですか？」

青木が訊いた。

すると、野中礼子は、びくっとして左手の甲に貼ってある絆創膏を右の手で覆っ

た。

「死んだ高野隆明が着ていた作務衣の胸のあたりに、何かで焦がされた痕がありました。鑑識課が分析したところ、スタンガンを当てられてできたものだということがわかりました。それから、彼の右手の人差指と中指のつめと皮膚の間に、かすかですが誰かの皮膚片がつまっていたんです。野中さん、あなたの皮膚のDNAと一致するかどうか鑑定させてもらえませんか?」

青木が言うと、野中礼子は、観念したように肩を落とすと、

「ええ。高野隆明を自殺に見せかけて殺したのは、わたしです。マスコミに追いかけられて助けを求めて連絡してきた高野に、わたしは新宿ロイヤルホテルに身を隠すように言いました。そして、部屋を訪ねて行き、スタンガンで気を失わせ、バスローブの腰紐で首を絞めて殺しました」

と、落ち着いた口調で言った。

その表情には犯罪が発覚したことに対する無念さや、殺人を犯したことに対する後悔といったものは一切なく、むしろさばさばしたように見える。

「しかし、息を引き取る間際、意識を取り戻して腰紐を摑んでいたあなたの腕を引っ搔いた」

青木が言うと、

「ええ。そのとおりです。でも、結局、息を引き取りました。あとは、ご想像どおりです。ノートパソコンで遺書を書いて、それで終わり――」

と、野中礼子は言った。

「あなたと遠藤文恵さん、そして高野隆明の、三人のそもそもの出会いを教えてくれませんか？」

島田は、静かな口調で言った。

すると野中礼子は、気持ちを落ち着かせるかのように大きく深呼吸をすると、

「遠藤文恵さんが、わたしのクリニックに来たのは本当に偶然でした。生命保険の勧誘を兼ねて、交際している男性に他に付き合っている女性がいるようだという悩みを誰かに相談したかったんです。しかし、カウンセリングしながら、彼女のこれまでの境遇を聞き、交際している男性の名前を聞いたわたしは耳を疑いました――」

と、穏やかな顔で言った。

「先日、同窓会があった埼玉県飯能市立第二中学校の生徒だったあなたもかつて、美術教師をしていた高野隆明の教え子だったからですね？」

島田が言うと、野中礼子は、ゆっくりと大きく頷いた。

「お嬢さんの由美さんを妊娠させたのは、美術教師をしていた高野隆明に違いない。そう言っても、最初、遠藤さんは信じようとはしませんでした」

野中礼子は、そう言うと突然立ち上がり、リビングと寝室を区切っていた襖《ふすま》を開けて、

「この絵を見るまでは——」

と言った。

それを見た島田と青木は、思わず立ち上がった。

ベッドの上の壁に、野中礼子の少女時代を思わせるヌードの油絵が飾ってあり、それは遠藤文恵の娘の由美をモデルにしたあの油絵に酷似していた。

「中学に入り、絵を描くことが好きで美術部に入ったわたしに、あの男は君には才能があるとおだてて、わたしひとりを残して熱心に絵の描き方を教えてくれました。そしてあるとき、今度はコンクールに出す自分の絵のモデルになって欲しいと言ったんです。わたしは断りました。するとあいつは無理やり……」

野中礼子は、それ以上のことは口に出すのもおぞましいというように顔を醜く歪めながら、寒さに襲われたときのように両手で自分の体を抱きしめて、わなわなと小刻みに震えはじめた。

「事を終えた高野は言ったわ。このことは誰にも言っちゃいけない。言っても誰も信じないし、何よりこんなことが知られれば、君が困ることになるだけだと——まだ中学生のわたしは、あの男の言いなりになるしかなかった。幸い、わたしは妊娠することはなかったけれど、男というものに対してとてつもなく大きなトラウマを抱えることになってしまった……」

野中礼子の瞳は濡れていた。

彼女をモデルにした高野隆明の絵はコンクールで落選し、記念だといってくれたものだった。野中礼子はその絵を捨てることはなかった。むしろその絵を見ることで、いつか高野隆明に復讐することを誓ったのだった。

以来彼女は化粧もほとんどせず、スカートも穿いたことがないという。

それだけではない。指輪やイヤリングといった女性がするようなおしゃれをしないのは、男から好奇な目で見られるのがたまらなく怖いからなのだという。

そんなことだから、むろん、これまで男性と交際したことなど一度もない。

しかし、そんな彼女が今こうしてなんとか社会生活を送れているのは、野中礼子が出会った臨床心理士のおかげであり、だからこそ自分も同じ道を目指したのだという。

「由美さんの自殺の真相を知った遠藤文恵さんは、わたしの目の前で包丁を手に取って死のうとした……無理もないわ。娘を妊娠させて、死に追いやった男を、知らなかったとはいえ、愛してしまったんだもの――彼女は言ったわ。自分の体がおぞましい、娘を殺した男に抱かれて快楽におぼれた自分が許せない、だから、死なせてくれって――だけど、わたしは必死で止めた。死ぬべきは、あなたではない。苦痛を味わうべきは、あいつよ、高野隆明よって……」

そして、高野隆明を殺害する決意を固めた遠藤文恵は、野中礼子に二月二十四日に会ってくれるように電話で連絡してきた。

しかし、遠藤文恵はやってこず、自分の部屋で死体になっていた――第一発見者となった野中礼子は、それを見たとき、犯人は高野隆明に違いないと直感した。

そして殺される翌日に、遠藤文恵が自分と会う約束をしたのは、アリバイを頼むつもりだったのではないか!?――遠藤文恵が電話をくれたときの、緊迫した声を思い出すと、その考えは確信へと変わっていった。

だが、高野隆明を殺すつもりで彼の部屋に行った遠藤文恵は、揉み合っているうちに逆に刺されてしまったのである。

「しかし、どうして、あなたは高野隆明のアリバイを証明しようとしたんですか?」

青木が訊くと、野中礼子は悲愴な顔つきで、睨みつけるように見ると、

「そんなこともわからないの？――もし、あのまま警察に逮捕勾留されて、高野が本当のことを言ったら、正当防衛が認められてしまう可能性があるからよッ！」

と、泣き叫ぶように言った。

警察は、あなたのことを疑っている。もし、アリバイを訊かれたら、自分が証明してあげる。自分は遠藤文恵さんから、あなたのことをよく聞かされている臨床心理士だと言って自ら連絡し、高野隆明を安心させたのだという。

「確かに、高野隆明の遠藤文恵さん殺しは、正当防衛になる可能性は高い。しかし、だからといって、何もあなたが手を下す必要はなかったんじゃないのか？」

島田は力なく言った。

すると野中礼子は、

「いいえ。わたしは殺《や》らなければならなかったの。だってそうでしょ？　由美さんの自殺の真相を教えたのもわたしなら、死ぬべきは高野なのだと遠藤さんに言ったのもわたしなんだもの。でも、あいつは、娘の由美さんとその母親のふたりを死に追いやったというのに、のうのうと生きていられる――そんなことが許されていいわけがない。それだけじゃない。あいつは、わたしを見ても顔色ひとつ変えなかった。どうし

てだか、わかる？　覚えていないのよ、昔、あんなひどいことをしたのに、わたしの顔も名前さえも……わたしは思ったわ。あいつの餌食《えじき》になった人は、きっとほかにもいるに違いないって。――そんなやつ、生かしておいていいわけがない。ねえ、そうでしょ？　刑事さん、そんなこと許されていいわけがないでしょ？」

と、目に涙をいっぱい溜めて、島田に訴えるように言った。

そんな野中礼子に島田は、

「あなたを納得させられるだけの答えは、わたしは持っていない。わたしが言えることは、あなたが人を殺すという罪を犯したということだけだ。そのあなたが犯した殺人が許される罪か、許されない罪か――それは、刑事のわたしが判断することでも、判断できることでもない」

と言うのが精いっぱいだった。

しかし、そう言いながら心の中で島田は思っていた。

（もし、万が一、瑠璃が野中礼子や由美さんのような目に遭ったことを知ったら、わたしは間違いなく、その相手に復讐するだろう……）

――と。

島田は野中礼子の手に手錠をかけることなく、捜査車両に連れて行った。

空を見ると、小春日和《びより》の青空が広がっていた。
しかし、その青空の青さが、島田にはやけにまぶしく目に沁《し》みるのだった。

第二章　誘拐

「電話をかけてきた男の声に、聞き覚えはありませんか?」

リビングのソファに憔悴《しょうすい》し切った顔をして座っている関口市子《せきぐちいちこ》に、島田が訊いた。

「――ありません……」

関口市子は、力なく首を横に振って答えた。

昨夜は一睡《いっすい》もしていないというだけあって、五十歳を超えた顔に厚塗りしている化粧の上からでも、目の下にクマができているのがわかる。

関口市子の娘で、銀座の高級クラブ「ソフィア」のママである二十六歳の関口綾香《あやか》が誘拐されるという事件が起きたのは、一昨日《おととい》の深夜だった。

彼女はその夜、店が終わってから常連客と寿司屋に行き、午前二時半ごろにタクシーに乗って、自宅があるカーサ四谷《よつや》マンションの前で降りたところまでは、タクシーの運転手によって確認されているが、自宅の七〇八号室に帰ってくることはなかった。

関口綾香と一緒に住んでいる母親の関口市子は、クラブ「ソフィア」の実質的な経営者で大ママと呼ばれているが、最近は店に週に一度か二度しか顔を出さず、その夜も店には出ず家にいた。

しかし、昨夜、店に行った娘の綾香が朝方になっても帰ってこないので携帯電話に連絡をしてみたが繋《つな》がらず、心配になって店のホステスや友人たちに片っ端から電話してもついに綾香の行方はわからなかった。

そして、次の日の午前八時過ぎ、関口市子のもとに綾香の携帯電話から連絡があったのだが、電話をしてきたのは綾香本人ではなく、三十代と思われる男だった。

『娘を預かっている。帰して欲しければ、現金で一億円用意しろ。金が用意できたら、娘の携帯に電話しろ。だが、もし警察に連絡したとわかれば、その時点で娘を殺す』

男はテレビドラマのような脅し文句を言ってから、綾香本人を電話に出させ、心配する母親に娘の綾香は『お母さん、助けて』と悲痛な声で訴えたというのである。

母親の関口市子は、警察に連絡しようかどうしようか迷いに迷った揚げ句、昼近くになって一一〇番通報したのだった。

通報を受けた警視庁は、身代金目的の誘拐事件という、悪質で命の危険に関わる凶悪事件に発展する可能性がある犯罪だとして、初動捜査から本庁捜査一課が扱う事案と判断し、島田がいる捜査一課強行犯3係全員が所轄の四谷署に設置された捜査本部に詰めることになったのである。

島田たち捜査員はまず、マンションの入口に設置されている防犯カメラの映像を見てみたのだが、午前二時半前後に関口綾香と思われる女性の姿は映っていなかった。

それから考えて、関口綾香はタクシーを降りた場所からマンション入口までの、ほんの五メートルの間に何者かによって連れ去られたと思われる。

「最近、綾香さんの身の回りで、何か不審なことが起きていたということはありませんでしたか？」

関口市子のマンションには、島田以外に捜査の指揮を執る係長の古賀《こが》警部、青木警部補、橋本《はしもと》巡査部長の捜査員四人がきている。

「さあ……特には聞いていません」

関口市子は、心ここにあらずといった体《てい》で、虚《うつ》ろな目を宙に向けて言った。

「逆探知の要請は済んだか？」

少し離れた場所で、玄関からリビングに戻ってきた橋本に古賀が耳に口を近づけて囁《ささや》くように訊いている。

橋本は、無言で大きく頷いた。

電話の逆探知は警察の捜査員ができるものではなく、電話会社の人間でなければできないもので、事件解決に必要だと判断したときに警察がそれぞれの通信事業会社に要請するのである。

よくテレビドラマや映画などで、犯人から電話がかかってくると、捜査員が被害者の関係者に犯人との会話を長引かせるように指示するシーンがあるが、現在はそんなことをする必要もない。

昔はクロスバー式というアナログ交換機だったために、電話をかけてきた相手を特定するには、かかってきた回線のランプをひとつひとつ辿《たど》っていかなければならず、ある程度の時間が必要だったのだが、現在は回線がデジタル化されており、固定電話の場合であれば一秒ほどで特定できてしまうからである。

しかし、固定電話ではなく携帯電話からかかってきた場合はどうかというと、発信されている電波から中継基地局を瞬時に割り出すことができ、発信者がいる場所がおよそわかるようになっている。

さらに言えば、GPS機能が付いた携帯電話であれば、ピンポイントで犯人の居場所を見つけ出すことができるのだが、犯人がかけてきた関口綾香の携帯電話には残念ながらGPS機能は付いていないという。

「綾香さんの最近の写真を何枚か見せてください」

島田が言うと、関口市子は力なく立ち上がり、リビングボードの上に飾ってあった写真立てを三つ持ってきた。

「こんなのでよろしいでしょうか……」

背後の風景からそれぞれ京都、北海道、ハワイにふたりで旅行したときに撮影したものだということがわかる。

関口綾香は母親似ではないが、かなりの美人といっていい。

しかし、どの写真にも父親が写っていない。

「失礼なことを訊くことになるかもしれませんが、綾香さんの父親は?」

島田が訊くと、

「まだ赤ん坊のときに亡くなりました――」

と、関口市子は弱々しい声で答えた。

赤ん坊のときからこれまで、女手ひとつで育てたということか――関口市子は、五十歳は過ぎている。

再婚もせず、シングルマザーとして生きることは並大抵の苦労ではなかっただろう。

その苦労して育てた娘が何者かに誘拐されたのだ。心配で胸が張り裂けそうになっているだろう。

似たような年頃の娘を持つ島田は、心から同情するとともに誘拐した犯人に激しい怒りが湧《わ》いてくる。

青木は写真立てから写真だけを取り出して、スキャナーで写真をスキャンしている。

それをパソコンに取り込み、捜査本部に送るのだ。

青木の様子を目の端で捉《とら》えながら島田は、

「電話をかけてきた男は声の感じから三十代ではないかということですが、綾香さんは二十六歳でしたね？　綾香さんの交友関係者で、三十代の男性は何人くらいいますか？」

と訊いた。

関口市子は、首を少しひねるようにしてしばらく考えていたが、

「綾香には深い交際をしている男性はいません。母親ですから、いればわかります。でも、こういう商売をしていますから、男性の知り合いはたくさんいますよ。三十代で言えば、お店のお客さんだけでも、ざっと七、八十人はいますでしょうね。いいえ、

もっといるかもしれませんわ。でも、その人たちの中に誘拐なんて、そんな大それたことをする人はいませんよ」

と、不愉快そうな表情をして答えた。

「しかし、犯人は綾香さんの帰りを待ち伏せて連れ去ったと考えて、まず間違いないでしょう。誰でもよかったわけでなく、綾香さんを狙っていた。状況から考えて、顔見知りの犯行の可能性が極めて高いと考えるべきでしょう。綾香さんと母親であるあなたの知り合いで三十代の男の名前と住所、連絡先をすべて教えてください」

島田は言葉遣いは穏やかだが、有無を言わせぬ口調で言った。

「わかりました。でも、くれぐれもその人たちにご迷惑をかけるようなことは――」

客商売なのだ。当然の心配だろう。

「約束します。ご迷惑をかけるようなことはしません。それから、これもまた失礼なことを訊くことになるかもしれませんが、事態が事態ですのでご容赦《ようしゃ》ください。あなた、もしくは綾香さんに、恨みを持っているというような人はいませんか？」

関口市子は、一瞬、反射的に島田を睨みつけるように見たが、すぐに力ない目をして、

「そりゃあ、自分たちには心当たりはなくても、向こうが勝手に恨んでいるというこ

とはあるんじゃありませんか？　そんなこと、こういう商売をしている、いないに関わりなく、人間なんて、そういうもんじゃないですかッ！」

関口市子は、水商売をしている自分たち親子が馬鹿にされたと思ったのだろう、悔しそうに握りしめているハンカチを千切るようにして言い捨てた。

が、島田は努めて冷静な口調で、

「関口さん、正直に言います。わたしは、今起きていることが、本当に誘拐事件なのかと信じられないでいます。というのもテレビドラマじゃあるまいし、二十六歳にもなる大人の女性を連れ去って、身代金一億円という大金を手にしようとするなんて、馬鹿げているとしかいいようがないからです」

と言った。

身代金目的の誘拐事件は、警察白書が作られることになった昭和二十一年からこれまで二百十六件と犯罪の発生件数としては極めて少ないだけでなく、そのうち二百九件もが検挙されている。

つまり検挙率にすると九十七パーセントで、ほとんどすべてといっていいほど失敗しており、もっともリスクが高い犯罪なのである。

「しかし、あなたの様子や話を見聞きする限りでは、事件は確かに起きています。となれば、とにかく綾香さんの安否が心配です。なんとしてでも助け出さなければならない。そのためには、わたしたちが訊くことに母親であるあなたが隠しだてなく知っていることを答えてくれなければ打つ手は見つかりません」

島田が諭《さと》すように語ると、

「関口さん——」

と、古賀が関口市子の肩に手をやり、島田の言うとおりですよ、と言わんばかりに軽くさすった。

すると、関口市子はハンカチを目に当てながら、

「すみません……こんな目に遭ったのははじめてなもので、わたし、もうどうしていいかわからなくて——」

と頭を下げた。

「わかっていただければいいんです——で、犯人からの要求額の一億円なんですが、用意することは可能なんですか?」

古賀が訊いた。

この時点から、聴取は古賀に任せたほうがいいと島田は判断し、阿吽《あうん》の呼吸で古賀も承知している。

「いいえ、一億円なんて、とてもとても――わたしが用意できるのは、せいぜい三千万円がいいところです……」

関口市子は肩を落として言った。

「三千万円ですか――」

公務員である古賀たちにとって、もちろんそれだけでも大金ではあるが、犯人の要求額にはあと七千万円も足りない。

かといって、いくら人命第一とはいえ、警察が身代金を用意することはできない。そんなことをすれば、身代金目当てに誰彼となく誘拐する事件が頻発《ひんぱつ》する懼《おそ》れがあるからである。

古賀が、天井を見ながらどうしたものかという顔でいると、

「でも、名前を明かすことはできませんが、事情を話せば貸してくれそうな方がおります」

「本当ですか？」

「ええ、相談してみなければ何とも言えませんけれど……」

「時間がありません。では、さっそく連絡をとってください」

「わかりました。では、ちょっと失礼します」

関口市子はそう言って携帯電話を持ってリビングのソファから立ち上がり、寝室だろうと思われる部屋へと入っていった。

「――コレですかね？」

古賀は島田に顔を近づけると、親指を立てて、小声で言った。

「そんなとこだろうな」

島田は興味なさそうに言った。

そして三十分ほどして寝室から出てきた関口市子は、

「刑事さん、お金、用意できることになりました」

と、興奮した様子で頬を紅潮させながら古賀に視線を送って言った。

「そうですか！　それは、よかった」

古賀が驚きを隠せない顔で言うと、

「明日の朝十時に必ず、人を使ってここに届けさせるそうです。わたしが用意できる三千万円は、今日の夕方に銀行の人が持ってきてくれることになっています」

関口市子は安堵の表情を浮かべている。

しかし、すぐに不安な表情になって、

「刑事さん、これで綾香、助かりますよね⁉　大丈夫ですよね⁉」

と、捜査員全員の顔をひとりひとり見つめながら訴えるように言った。

捜査の指揮を執っている古賀が、

「全力を尽くします。関口さん、昨夜から眠っていないのでしょう？　おそらく、犯人はしばらくの間は動きようがないと思われますから、少し休んでください。それからわたしと橋本は捜査本部に戻りますが、ここにいる島田、青木のふたりは万が一のときのために残りますから安心してください」

と言うと、がっくりとうなだれて、

「ええ。では、そうさせていただきます……」

と力なく言って、再び寝室へと入っていった。

「島さん、じゃ、わたしと橋本は、一旦本庁に戻りますが、代わりに茂木《もぎ》と柴田《しばた》をこっちに向かわせますから、適当に交代してください」

関口市子が寝室に入ったのを確かめて、古賀が言った。

「わかった。とにかく今は、犯人の出方をうかがうより手がない。へたに動いて、犯人に警察に知られていることをわかられるのが一番怖いからな」

マンションや周辺住民、クラブ「ソフィア」の従業員や客たちへの聞き込みは、今の段階では大っぴらにできないという意味である。

「そうですね。じゃ、なにかあったら、すぐに連絡ください」

「ああ――」

古賀は橋本に目で、行こうと言って、玄関へと向かった。

「島田さん、今回の事件、狂言《ヤマ》という可能性はないですかね?」

古賀と橋本が部屋を出ていって三十分ほどしてから、近くのコンビニで買ってきた遅い昼食のサンドイッチを口に運びながら、青木が顔を近づけて小声で言った。

関口市子は寝室に入ったきり物音ひとつ立てないから、寝入っているのだろうが、万が一にでも聞こえてはまずい。

「どういうことだ?」

島田は買ってくるように頼んだ、おにぎりの包装紙から巻く海苔《のり》をはがすのに苦労しながら訊いた。

いつも同じ目に遭ってイライラするのだが、こういうときはどういうわけだか、島田は毎回おにぎりを買ってしまう。

「さっき島田さんが、あのママに言ったように、二十六歳になる娘を誘拐して、しかも一億円なんて大金を要求するのはあり得ないって感じがするんですよ。でも、あのママの娘の綾香とその男友達が組んで、今回の事件を仕組んだというようなことなら、まだあるかなという気がして——」

青木は、しきりに関口市子が寝ている寝室のほうを気にしながら言った。

「事件が起きたばかりの今の段階では、どんな可能性も視野に入れて考えたほうがいいだろうな」

ようやくおにぎりを巻く海苔を、包装紙からうまく取り外すことができた島田は、パリパリと音を立てて食べはじめた。

「狂言のほかにどんなことが考えられますかね？」

青木の問いに、

「いくらだってあるだろ。嫌がらせ、いたずら——あとはそうだな、それらと似ているが、見せしめというのもあるか……」

と、島田は思いつくまま答えた。

「見せしめ？　ですか？」

青木は意味がよくわからないという顔をしている。

「つまり、娘である関口綾香を誘拐することによって、こっちは本気なんだぞということを、母親であるあのママにわからせるためにやった……」

島田は考え考え言っているうちに、リアリティのある話に思えてきた。

「でも、さっき誰かに恨まれているなんて心当たりないって、あのママ言ってたじゃないですか？」

そう青木に突っ込まれると、島田は我《われ》に返って、

「まだ言えないことだってあるかもしれんじゃないか」

と言って小さく苦笑した。

それから無言のまま、どれくらい経っただろう——同僚の茂木と柴田から無線で、マンションに到着し、前の道に捜査車両を止めて待機しているので、何かあればすぐに呼び出してくれと連絡してきた。

そして、再び室内に沈黙が流れ、しばらくすると、唐突にチャイムが鳴った。

時計を見ると、午後四時半を少し過ぎていた。

銀行の人間が、関口市子のお金を用立てて持ってきたのかもしれない。

が、関口市子は寝室に入ったままで、まだ眠っているのならば起こさなければならない。

どうしようか迷っていると、もう一度チャイムが鳴った。

今度は心なしか、苛立《いらだ》って押しているような気がした。

と、寝室のドアが開いて、少し髪の毛が乱れた関口市子が出てきて、玄関とリビン

グを仕切っているドア近くの壁にあるインターホンの受話器を取った。

「はい――」

島田と青木は素早く玄関へ向かった。

「大坪《おおつぼ》でございます」

五十代の男の緊張した声が、玄関のドア越しに聞こえてきた。

「ご苦労さま。少々お待ちください」

関口市子は受話器を壁に戻すと、

「銀行の方が見えました」

玄関にいた島田と青木に言った。

ドアを開けると、五十がらみでメガネをかけた、絵に描いたような銀行マンと若いスーツ姿の男の三人が、手にそれぞれアタッシェケースを持って立っていた。

「こちら――刑事さんです」

関口市子が銀行員たちに島田と青木を紹介した。

「島田です」

「青木です」

ふたりとも警察手帳をかざすと、銀行員たちは、それまで緊張していた顔をさらに硬くさせて頭を下げた。

「あの、わたくし、青葉《あおば》銀行四谷支店長の大坪と申します――」

一番年かさの銀行員がアタッシェケースを床に置いて、胸ポケットから名刺を取り出した。

それを受け取り、確認した島田は銀行員たちに、

「ご苦労さまです」

と言った。

そして、リビングにやってくると支店長の大坪は、目で部下の銀行員ふたりにアタッシェケースをソファの前のテーブルに置くように言い、

「わたくしのケースに一千万円――そして、こちらにもそれぞれ一千万円ずつ入っております。ご確認ください」

と、びっしりと一万円札が入ったアタッシェケースを開けて言った。

「信用していますから……」

関口市子が言った。

「そうですか。では、わたくしどもはこれで失礼してよろしいでしょうか?」

支店長の大坪はそう言うと、

「ええ。ご苦労さまでした」

関口市子が頭を下げた。

大坪が部下ふたりに立ちあがるように目で言ったとき、

「あの――」

島田が声を出すと、銀行員三人は、びくっとして立ち止まり、

「なんでしょう？」

と、支店長の大坪がメガネに手を添えて、強張《こわば》った顔で訊いた。

「どこまでお聞きになっているかわかりませんが、このことはくれぐれも内密にお願いします」

島田が言うと、銀行員の三人は顔を互いに見合わせて、

「もちろんです。決して口外はいたしません」

と、支店長の大坪が言った。

「ご協力、ありがとうございます」

島田が軽く頭を下げると、銀行員たちは慌てて、うやうやしく頭を深く下げて、

「では、失礼いたします」

と言って、そそくさと玄関へ向かった。

「刑事さん――」

銀行員たちを見送って、リビングに戻ってきた関口市子が声をかけてきた。

「なんでしょう?」

島田が言うと、

「お店は開けたほうがいいでしょうか? それとも――」

と、関口市子は途方に暮れた顔をしている。

「なるべく普段どおりにしていたほうがいいんですが――」

と言ったものの、こうしてくれとは強制はできない。

関口市子は少し考えてから、

「わかりました。じゃ、お店のマネージャーに電話して、綾香は体調を崩して休むということにして、いつもどおり営業してもらうことにします」

と言って、再び寝室へ入っていった。

そして、マネージャーに電話して寝室から出てきた関口市子に、

「関口さん、今夜なんですが、ご迷惑でしょうけれど、何かあってはいけないのでわたしたち、ここに居させてもらいますが、構いませんね?」

と、島田が言うと、

「え、ええ――三千万円の現金がありますし、そうしていただいたほうが、わたしも心強いですから……」

関口市子は言葉ではそう言ったが、明らかに戸惑いと迷惑がっているのが見て取れた。

が、島田は構うことなく、

「では、そうさせていただきます。ところで、どうですか？　改めてお訊きしますが、電話をかけてきた三十代の男に、まだ心当たりはないですか？」

と、訊いてみたが、関口市子は首を振り、

「ベッドに横になりながら考えていたんですけど、ぜんぜん思いつきません。電話の声にも、やっぱりまるで聞き覚えはありません――」

と言った。

その夜は島田と青木はリビングで、関口市子はトイレに行く以外は寝室に閉じこもるようにして過ごし、これといったこともないまま朝を迎えた。

翌朝早く、島田と青木は、古賀と橋本のコンビとバトンタッチするために関口市子の部屋を出た。

そしてマンションの玄関を出ると、昨日から近くに止めてある同僚の茂木と柴田が乗っている捜査車両に行き、さりげなく辺りを確かめて素早く後部座席に乗り込んだ。

「ご苦労さまです」

茂木と柴田のほうから先に声をかけてきた。

ふたりとも目がうっすらと充血している。

慣れてはいるものの、車の中でひと晩明かすのは、やはり堪《こた》えるものだ。

島田と青木も関口市子のリビングのソファで仮眠をとったが、熟睡などもちろんしていないし、目は同じように軽く充血している。

「ご苦労さん――久しぶりだな、みんなして事件《ヤマ》にあたるのは」

島田があくびをかみ殺して言った。

3係の六人全員でひとつの事件にあたることは、滅多にないどころか、普段は都内の所轄で起きている事件の捜査本部に一人ひと組で詰めていることがほとんどだから、こうして他のコンビと顔を合わせること自体が珍しいのだ。

「ボクははじめてです。よろしくお願いします」

青木が、助手席にいる茂木と運転席にいる柴田に軽く頭を下げて言った。

「ああ、そうか、君ははじめてか――」

四十五歳の茂木が、顔だけ向けて笑みを浮かべて言った。

「はじめてといえば、誘拐事件なんて、おれ、はじめてですよ」

運転席にいる茂木よりひと回り年下の柴田が、バックミラーから島田と青木を見て言った。

「わたしだってないさ。捜査経験があるのは、3係じゃ、島さんくらいですよね？」

茂木が言うと、柴田と青木は同時に「へえ」と驚いた顔を向けた。

「しかし、あれは身代金目的なんかじゃなかった……」

島田は、さっきまでとは打って変わって険しい表情になって言った。

七年前に扱ったその誘拐事件は、二十六歳の男がいたずら目的で、まだ十歳の女の子を連れ去って弄《もてあそ》んだ揚げ句、首を絞めて殺して山林に捨てるという無残な結末を迎えた事件だった。

刑事を長年やっていれば思い出したくない悲惨な事件は山ほどあるものだが、島田にとってあの誘拐事件は特に許しがたい事件のひとつだ。

「すみません。余計なことを言いました」

島田の心の内をすぐに見抜いた茂木が軽く会釈してあやまった。

「朝飯まだだろ？　何がいい？　といったって、すぐそこのコンビニだが——」

島田が車内の沈んだ空気を吹き飛ばそうと明るい調子で言うと、

「ボクが行ってきます」

と、青木が言った。

すると、すかさず運転席にいる柴田が、

「いやいや、おれが行きますよ。いくら一番若いといっても警部補殿に、コンビニに朝飯を買いに行ってもらうなんてことはさせられない」

と言ったとたん、車内が微妙な空気に包まれた。

柴田本人は嫌味で言っているつもりはないだろう。三十三歳で巡査長の柴田に対して、青木は二十七歳にして二階級も上なのである。

では、そうしてください——というのが階級社会である警察では常識的なところかもしれないが、そう言われたら言われたで柴田も内心では面白いはずがない。

青木は青木で、どうしたものだろうという顔をしている。

「柴田、刑事としては、おまえさんのほうが先輩なんだ。ただ階級が上だからといって、へんに青木くんに気を使うことはない」

島田が諭すように言うと、

「あ、いや、しかし――」

と、柴田は口ごもったが、島田は構わず、

「そうだろ、青木くん」

と、青木に言った。

「はい。気を使われるのは困ります」

青木は真剣な顔つきで答えた。

「朝飯のことから妙な方向に話がいったが、今後のこともある。こういうことははっきりさせておいたほうがいい」

島田が言うと、

「ええ。わたしもそう思います。青木くん、いや青木、現場ではわたしも先輩として物を言わせてもらうぞ」

と、茂木が言った。

「はい。よろしくお願いします」

青木が笑顔を見せて言うと、少しして、

「絡むような言い方をしてすまなかった。おれも、島さんの言うようにさせてもらう」

と、柴田がばつが悪そうに言った。

「はい」

青木は茂木に見せた笑顔を、そのまま柴田にも見せて言った。

「さっきは、ありがとうございました」

島田といっしょにコンビニで朝食の弁当を買ってきた青木が、捜査車両に乗り込むと唐突に礼を言った。

朝食を誰が買いに行くかどうかという話は、結局それぞれのコンビが時間をずらして買いにいくことになったのである。

「ン？――」

助手席に座った島田は、プラスチック弁当のふたを開ける手を止め、青木の顔を見た。

「柴田さんに、ボクに気を使うことはないんだって、言ってくれて――」

「ああ――何も礼を言われることじゃない。君に気を使うようなことをしていると、捜査に支障をきたすかもしれない。そう思っただけだ」

「はい。そうなる前に、島田さんに要因を取り除いてもらいました」

島田は時々、青木のこの素直さはどこからくるのだろうと思うことがある。

「なあ、青木くん――」

「はい？」

「君の同期は、ほとんどが警視になっているそうだな。早い人では、もう警視正になってる人もいるそうじゃないか」

島田が言うと、

「はあ……」

青木は、何を言い出すのだろうと言いたげな、ポカンとした顔をしている。

「まだ昇進を断りつづけるつもりなのか？」

青木のようなキャリア組は警察庁に入った時点で警部補となり、その後は昇進試験を受けることなく、年功序列的に階級が上がっていく。

それに対してノンキャリアが階級を上げるには、その都度頭が痛くなるような難しい昇進試験を受けなければならず、しかも絶対とは言えないが、どんなにがんばったところで警視正までが限界とされている。

だが、その警視正にキャリアならば、遅くとも三十代半ばには確実になれるのだ。

青木は、そんな警察官ならば誰もが羨むエリートコースを拒みつづけているのだから、不思議がられても仕方がないというものだろう。

「古賀係長に何か言われているんですか？」

青木は思い詰めたような顔つきをして訊いた。

「まあ、な――彼も上からいろいろ言われているらしい。無理もないだろ。同期の中でトップの成績で入庁した君がいつまでも現場で刑事をしているなんて、上の人間には理解できないだろうからな」

「ですから、それは――」

青木が言うのを島田は遮って、

「現場を知らずに階級だけ上がっても、なんの意味もないと言いたいんだろ？――係長もわかってるさ。ま、この話はまたの機会にしよう」

と、話を打ち切った。

そして、三十分ずつ仮眠を取ろうと言って、島田がうつらうつらしていると、

「島田さん、あの人たち――」

青木に揺すられて目を覚ました。

見ると、辺りを気にしながら大きなスーツケースを持った背広姿の中年の男を、その男より少し若い二人の背広姿の男たちが挟む形でマンションの裏口から中へ入って

いく様子が目に入った。

数分前、捜査車両の横を通って、関口市子が住むカーサ四谷マンションの地下駐車場に入っていった車に乗っていた男たちではないかと青木が言った。

腕時計を見ると、午前九時四十分だった。

関口市子は、昨日、知り合いが明日の朝の十時に七千万円を人を使って届けさせると言っていた。

おそらく彼らだろう。

「さて、気合いを入れ直すか――」

一億円が揃ったところで、関口市子が綾香の携帯電話に連絡して、犯人からの指示を受けることになっているのだ。

島田は凝《こ》った首をぐりぐりと回しながら言った。

男たちがマンションに入っていって、二十分ほどすると、

『全員、聞こえるか？』

古賀の緊張した声がイヤホンを通して聞こえてきた。

「青木、聞こえています」

青木が胸元のマイクに向かって答えるとつづいて、

「島田、聞こえてる」

島田も言った。

茂木と柴田もつづいて答えたのが聞こえた。

『七千万円が届いた。一億円は、これで揃った』

七千万円を運んできたのは、やはりさっきの男たちだ。服装や雰囲気からして、どこかの会社員だろう。

『これから、犯人と連絡を取る。じゃ、関口さん、綾香さんの携帯電話に連絡を――』

古賀が言い、

『はい――』

と、関口市子が消え入りそうな声で答えた。

少しすると、「プププ……」という携帯電話の呼び出し音が聞こえたが、「お客さまがおかけになった電話は電波の届かないところにあるか、電源が入っていないかどちらかです。もう一度おかけ直しください」という機械的な電話会社の女性アナウンスが流れてきた。

関口綾香の携帯電話から出る微弱電波から、中継基地が割れるのを恐れて電源を切っているのだろう。

犯人はそれなりの知識と警戒心があるようだ。

イヤホンに神経を集中しながら外を見ていると、金を届けにきた男たちが、さっきとは違う安堵した顔をしてマンションから出てきた。

そんな光景とは対照的に、

『出ません。どうしたんでしょう？……』

関口市子の不安そうな声がイヤホンに響いてきた。

『大丈夫です。出るまで何度もかけてください』

古賀が言った。

犯人は、こんなに早く一億円という大金を用意できるとは思っておらず、電波を切っているのかもしれない。

「プププ――」という呼び出し音と「お客様がおかけになった電話は――」の電話会社の女性の機械的なアナウンスが繰り返されると、一般の人たちよりは忍耐強い捜査員たちでもさすがに苛立ってくる。

そんな中、七千万円を運んできた男たちの車が、島田と青木がいる捜査車両に気づくことなく横を走り去っていった。

コールして十数回目のときだった。

『一億、用意できたのか？』

男の切羽《せっぱ》詰まった声が、イヤホンを通して飛び込んできた。

島田と青木の顔に緊張が走り、どちらからともなく顔を見合わせた。

関口市子は犯人の声から三十代といったが、さすがに客商売をしているだけあって当たっていると思われた。

『はい。なんとか……あの、娘は——綾香は無事なんでしょうか？』

関口市子が藁にもすがるといった感じで言うと、

『ああ、心配するな。それよりあんた、まさか警察に通報してないだろうな？』

男はドスを利かせた声で訊いた。

『してません。あの、綾香の声を聞かせてください。お願いです』

関口市子は、悲痛な声を出して早口で言った。

『心配するなって言ってんだろがッ』

男は苛立って叫ぶと、

『いいか、これから、おれの言うとおりに動け、いいな⁉』

必死に落ち着きを取り戻そうとしているようだが、はあはあと息を荒くしている。

『はい。どうすれば……』

『一億円をひとつのバッグの中に詰め込め。そうしたら、信濃町駅前に歩道橋があるだろ、わかるか？』

『ええ――』

『その歩道橋に午後三時ちょうどに、一億円を持ってきて、真ん中に立て。あんたの姿を確認したら、おれから携帯に電話する。いいな――』

『わかりました』

『金を受け取り、確かに一億円があると確認次第、娘は解放する。じゃあな』

それだけ言うと、男は電話を切った。

『もしもし、もしもしッ……』

関口市子のすがるような声がしたあと、

『犯人は、渋谷の携帯電話基地局を経由して電話してきていることはわかったが、これ以上エリアを絞り込むのは無理だそうだ。三時まで、まだ時間はある。これから打ち合わせをしたい。全員、すぐに関口さんの部屋に来てくれ』

古賀の声が届いた。

午後二時四十分――。

信濃町駅前の歩道橋の近くには路上パーキングがなく、関口市子は少し離れた場所のコインパーキングに自分の車を置き、徒歩で歩道橋に向かった。

一億円の重さは、ちょうど十キロになる。女性にはかなり重いはずだが、関口市子は気丈に持ち歩いていった。

島田、青木、橋本、茂木、柴田の本庁から来た五人は、すでに二手に分かれて歩道橋の双方にある昇降口の階段からそう離れていない場所で、一般の通行人を装って待機している。

そんな彼らの死角となりそうな場所に所轄の手の空いている刑事たちが総出で警戒に当たっている。

『関口さん、くれぐれも落ち着いて行動してください。犯人に気づかれないように、我々捜査員、すぐ近くであなたを見守っていますから安心してください』

歩道橋から十メートルほど離れた駅側の道路に、ハザードランプを点滅させて駐車している捜査車両の中にいる古賀の落ち着いた声が、イヤホンを通して聞こえてきた。

『わかりました……』

歩道橋の階段に差しかかった関口市子が答えた。

『捜査員、全員に繰り返し確認する。関口市子さんが持っているバッグの中には、小型の発信機が縫い付けてある。犯人が身代金の入っているバッグを持ち去っても絶対に追うな。犯人の人相を確認するだけでいい。君たちが動くときは、関口市子さんに危険が及んだときだけだ。いいな!?』

古賀の激しい口調の命令が飛んできた。

『了解！』

捜査員五人が、それぞれ答える。

島田も『了解』とつぶやくように言いながら、古賀の迷いのない力強い命令口調に頼もしさを感じていた。

古賀は島田より四歳年下の上司だが、かつて島田の部下だったこともあり、また島田に対して同じ刑事として畏敬の念を持っていて、常に丁寧な言葉遣いをする。

島田は島田で、古賀をどうしても後輩として見てしまい、どこか心配しているところがあるのだが、久しぶりにこうして同じ事件《ヤマ》を追い、古賀の指揮ぶりを見ていると緊張感とともに、安心感を持てることにうれしさを感じていた。

それにしても犯人は、身代金一億円の受け渡し場所を、こんなに人目の多い信濃町駅前の歩道橋に指定してくるとは、なんとも大胆である。

それだけに島田は、今回のこの誘拐事件が本当に起きていることだという実感を、いまだにつかめずにいる。

やがて、関口市子が、歩道橋の真ん中あたりまでやってきて足を止めた。

駅の反対側の歩道にいる島田が、さりげなく腕時計を見て時間を確かめると、午後三時四分前になっていた。

歩道橋の周辺は、ちょうどインフルエンザの流行と花粉症の季節があいまって、顔が隠れるほどの大きなマスクをしたサラリーマンやOL、学生や主婦といった様々な人々が行き交い、誰もが怪しく見えると同時に誰もが善良な市民に見え、こういうときの一分はやたらと長く感じる。

『で、電話がきましたッ……』

唐突に、イヤホン越しに悲鳴に近い、関口市子の声が鼓膜を衝《つ》いてきた。

『落ち着いて！――関口さん、深呼吸しながら、ゆっくり電話に出てください』

島田は古賀の落ち着いた声を聞きながら、歩道橋の真ん中に立っている関口市子を見やると、携帯電話を耳に当てるところだった。

『もしもし――』

関口市子が辺りをきょろきょろしながら強張《こわば》った声を出した。

『きょろきょろすんな！　まっすぐ車道を見てろッ！』

犯人の男の切羽詰まった声が鼓膜に響いた。

歩道橋の上は、マスクをした中年の女性の二人連れと、同じくマスクと花粉症対策用の水中メガネのようなものをつけた若い女性がひとり歩いているだけである。

島田は、周辺を見渡して携帯電話をかけている三十代の男を探したが、それらしき男の姿は見えない。

そして、歩道橋の昇降口の階段に目をやると、捜査員の橋本が何食わぬ顔をして階段を上がっていく姿が見えた。

と、携帯電話を耳に当てている関口市子が、『あっ……』という声を漏らした。

『関口さん、どうしました⁉』

古賀の叫ぶ声が聞こえてくると同時に、歩道橋の上で立ち尽くしている関口市子の横をマスクと花粉症対策用の水中メガネのようなものをつけた若い女が、島田がいる側に降りる階段に向かって走っていく姿が見えた。

関口市子は、ただ茫然と立ち尽くしている。足がすくんで動けなくなっているのだろう。

(クソッ、やられた！……)

島田は心の中で毒づいた。

関口綾香の携帯電話を使って指示してきているのが三十代の男だったために、金を受け取りにくるのもその男だと思い込んでいたのだ。

呆気にとられて、歩道橋の上をよろけながら走っている女を見ていると、ちょうど階段の下からてっぺんに上ってきた捜査員の橋本ともろにぶつかった。

『あッ！』

橋本が声を上げた。

『橋本、何があった!?』

古賀が叫んだ。

『身代金を奪った女が、階段から転げ落ちました！』

橋本はそう叫ぶと、女のそばに駆け降りて行ったのだろう、フェンスで姿が見えなくなった。

『どんな様子だ!?』

古賀の叫び声が、一段と大きくなった。

『救急車！　救急車を呼んでください！』

橋本が切羽詰まった声で叫んでいる。

歩道橋の下に通行人たちが集まってきた。

『わかった！』

と古賀が叫んだ。

『おい、しっかりしろ！　大丈夫か！　おいッ!?』

橋本が何度も同じ言葉を繰り返して叫んでいる。

駅側にいた茂木と柴田が何食わぬ顔をして歩道橋に上がり、中央に立ち尽くしている関口市子にさりげなく近づいて、島田がいるほうの階段へ向かってきた。

すると、歩道橋のかなり手前の道にハザードランプを点滅させて駐車していた白のカローラが、スリップ音を響かせて急発進し、女が倒れている歩道橋の下へ向かってきた。

それを見た島田は、

「こっちに向かってくる白のカローラの運転席にいるやつの顔を確認しろ！　おそらく電話をかけてきた主犯の男だ！　警察だと思われずに確認するんだ、いいな！」

と胸のマイクを引き寄せて叫んだ。

『了解！』

捜査員たちの声が同時に届いた。

が、白のカローラは、橋本と犯人がいる階段の下付近で、一瞬減速したが、すぐにスピードを上げて走っていった。

運転していたのは間違いなく男だったが、サングラスをしていて、どんな顔をしているのかまではわからなかった。

『古賀、島田だ。これから言うナンバーの車の所有者を特定してくれ』

島田は記憶した白のカローラのナンバーを古賀に伝えた。

そして、女が倒れている歩道橋の階段に向かっていくと、野次馬たちをかき分けていった。

「この女が共犯者か――」

歩道橋の階段の下で、マスクと花粉症対策用のメガネが取られ、頭や口、鼻から血を流して仰向けになって倒れている女を見下ろして島田が言った。

「ええ。しかし、ダメです」

橋本が首を振って言った。

女は目と口をカッと開けていて、自分に何が起きたのかわからないというような顔をして、ぴくりとも動かなくなっている。

「財布の中に免許証がありました――」

茂木が免許証を差し出した。

その隣にいる柴田が、一億円の入ったバッグをしっかり手に持っている。

女の名前は、畠山美佳《はたけやまみか》、二十八歳。住所は、板橋区成増《なります》三丁目二百五十八番地コーポ桜井《さくらい》二〇三号室となっていた。

「関口さん、この女に見覚えはありませんか？」

島田は、さっきから茫然と立ち尽くしている関口市子に訊いた。

「いいえ、こんな人、知りません――」

関口市子は、虚ろな目をして抑揚のない口調で答えた。

やがて、サイレンを鳴らした救急車の姿が見えてきた。


室内に人がいる気配は感じられなかった。

「畠山さん、宅配便です。サイン、お願いします」

青木がノックしながら言った。

その隣には島田と、六十歳を過ぎた男で、桜井という名前の大家が困惑した顔でいる。

畠山美佳の住まいであるコーポ桜井の二〇三号室の裏手には、茂木と柴田が逃亡に備えて待機している。

むろん、畠山美佳は二時間ほど前に死亡しており、もはやこの世には存在しないが、現場から逃走した白いカローラを運転していた男がいるかもしれないのである。

「畠山さん、おられませんかぁ？」

青木がもう一度、声を張り上げて確認した。

いないようですね、とばかりに青木が首を振ると、島田は上着の内側の左脇腹にしまってあった拳銃を取り出して、

「踏み込むぞ」

と、襟元につけてある小型マイクに口を近づけて言った。

『了解』

茂木と柴田の声がイヤホン越しに聞こえてきた。

「では、開けてください」

と、大家に言った。

「は、はい……」

大家は島田と青木が拳銃を手にしているのを見ると、顔面を蒼白にして、手を震わ

せながら合鍵をドアの鍵穴に差し込んだ。

カチャッ――鍵が開くと同時に、島田がドアノブに手をかけてドアを開け、拳銃を構えて土足のまま部屋に飛び込んだ。

すかさず、同じく拳銃を手にした青木もつづいた。

が、1DKの室内はしんと静まり返って、まるで人の気配がなかった。

島田は浴室とトイレ、青木は寝室へ行って押入れを開けてみたが、誘拐された関口綾香の姿も共犯者と思われる白のカローラを運転していた男の姿もなかった。

「部屋には誰もいない――」

島田が、アパートの裏手で待機している茂木と柴田に無線で伝えた。

『そっちにいきます』

茂木が返してきた。

「あ、あの、畠山さんは何をしたんですか？」

玄関で立ち尽くしていた大家が、おろおろしながら訊いた。

「身代金目的の誘拐です。しかし、さきほど事故で死亡しました」

島田が部屋を見回しながら早口で言うと、

「ゆ、誘拐!?……」

と、大家は声をひっくり返して、腰を抜かさんばかりに驚いた。

「島さん――」

茂木と柴田がやってきた。

「関口綾香がいた形跡がない。関口綾香は、あの白のカローラを運転していた男と別の場所で一緒にいると考えたほうがよさそうだな」

島田はそう言うと、携帯電話を取り出して、

「島田だ。畠山美佳の部屋は誰もいない。そっちは何かわかったか?」

と言った。

『男が運転していたというカローラは盗難車でした。それから、畠山美佳の携帯電話の履歴から、ここ数日間で頻繁に連絡を取り合っていた人間がふたりいたことがわかりました』

古賀が言った。

「ふたり?」

あのカローラを運転していた男のほかに、もうひとり共犯者がいるというのだろうか?――。

『はい。ひとりは、加瀬敏《かせさとし》。三十四歳。住所は、新宿区下落合《しもおちあい》三の二の三十。パーク

サイド四二三号室。携帯電話の番号は、090-2342-○○×○。もうひとりは後藤伸《ごとうしん》一《いち》。五十六歳。住所は豊島区《としま》池袋五の三の二十。グリーンガーデン四○二号室。携帯電話の番号は、090-8643-×○××。以上です』

古賀が言うのを島田は復唱し、青木、茂木、柴田がメモを取っている。

「了解。あのカローラを運転していた男は、おそらくその加瀬敏だろう。わたしたちは、この足でその加瀬敏のヤサに向かう。その後藤伸一って男のほうはどうする?」

島田が訊くと、

『何者かわかっていませんから、周辺を洗ってみようと思っています』

と答えた。

「そうだな。そのほうがいいだろう。じゃ、また何かあったら連絡する」

島田はそう言って電話を切り、

「さ、行こう」

と言った。

加瀬敏が住んでいる新宿区下落合のマンションに着いた時は、すでに日がすっかり落ちていた。

が、廊下の窓から見える室内は電気がついていなかった。

島田が顔で、柴田にチャイムを押すように言った。

柴田は頷いてチャイムを押し、しばし待ってみたが、部屋の住人が玄関に向かってくる様子はなかった。

再度、チャイムを押し、様子をうかがったが同じだった。

茂木がドアノブに手を伸ばし、試しに回してみると、なんの摩擦もなくすっと回転して、ドアが開いた。

茂木、柴田、青木が驚いた顔をして島田を見た。

島田は、「うむ」と頷くと、上着の内側の左脇腹のホルダーにしまってある拳銃を抜き取って、目で後につづけと言った。

そして、先頭を切って玄関に入り、左手で壁にある照明のスイッチを探して点けた。

玄関の床には、男物の革靴が左右バラバラに散らばるように置かれていた。

「加瀬さん？――警察です……」

島田は、そう言いながら土足のまま、リビングにつづく廊下を進んだ。

そして、リビングの照明を点けたとき、島田は固まったように立ち尽くした。

「島さん、どうしました？」

すぐ後につづいてきた茂木が訊いた。

が、島田の視線の先にあるものを見た茂木も、同じように立ち尽くした。

無理もない。加瀬敏と思われる男が、目をくわっと開けたまま、胸から血を流して死んでいたのである。

血は、それほど固まっていないように見える。おそらく殺されてから、それほど時間は経っていないだろう。

「この男に間違いないんじゃないですかね。あの白いカローラを運転してた男――」

茂木は、あとから入ってきた柴田と青木に同意を求めた。

「ええ、おそらく」

柴田が言うと、

「ええ。この男です。ここにある携帯電話は、関口綾香のものでしょう」

青木が自分の携帯電話を取り出してかけると、男の近くに落ちていた携帯電話が着信音を響かせた。

それを見た島田はポケットから、素早く携帯電話を取り出して古賀にかけた。

「島田だ。すぐ鑑識を寄こしてくれ。加瀬敏と思われる男が殺されている。関口綾香はここにもいない』

『なんですって！――了解。すぐに向かわせますッ……』

「後藤伸一って男の素性はわかったか？」

『今、それを言おうと思っていました。後藤伸一は、新宿と池袋でキャバクラを何軒か経営しています。前科《マエ》はありません。それから死んだ畠山美佳は以前、後藤の新宿の店のママをしていました。これで繋がりは見えましたね』

「なるほどな……となると、歳格好からいって畠山美佳と加瀬は恋人同士ってところかもしれんな」

茂木、柴田、青木の三人は島田と古賀のやりとりに神経を集中させながらも、部屋の隅々を見て回っている。

『しかし、畠山美佳があんな死に方をして、後藤伸一は加瀬敏が邪魔になって口封じのために殺した……』

古賀が言うと、青木が島田のもとにやってきて、シャネルのバッグを見せた。

「島田さん、これ、関口綾香のものです」

青木はバッグの中から、財布の中に入っていた運転免許証を取り出して見せた。

「聞こえたか？　関口綾香のバッグが見つかった。ここに監禁されていたのは間違いない。加瀬敏が、何故殺されたのかわからんが、少なくとも加瀬敏を殺したのは後藤と見て、まず間違いないだろう。そして、関口綾香をここから連れ去った」

『だとすれば、今度は後藤が直接、接触してきますね!?』

「ああ。そうであって欲しいな。接触してくるということは、まだ我々警察が動いていないと思っているということだからな」

『島さん、そっちが落ち着いたら、すぐに関口市子のマンションに戻ってきてもらえますか？』

「そのつもりだ。じゃ――」

ちょうど古賀との電話を終えると、パトカーのサイレンが近づいてきて止まった。

鑑識が到着したのだ。


「関口さん、この男に見覚えはありませんか？」

古賀が、関口市子の前に男の写真を差し出した。

短く刈った髪は、額をM字型にさせて後退して生え、細長い顔にぎょろりとした目が印象的な初老の男である。

「――この人、たしか……」

じっと写真を見つめていた関口市子が、ようやく声を出した。

「見覚え、あるんですね？」

古賀が急《せ》いて訊くと、

「え、ええ――何度かお店に来たことがあります……」

関口市子は、そう言うと、何故かふっと写真から目を逸《そ》らした。

（妙だな……）

島田は、心の中でつぶやいていた。

関口市子が経営する銀座のクラブ「ソフィア」は、会員制で一見《いちげん》さんはお断りだから、店に何度か来たことがある客ならば馴染みの客と一緒か、だれかの紹介のはずである。うろ覚えなはずがないのだ。

「どなたと来たんですか？」

古賀が訊くと、

「さあ、どなたとでしたかしら……わたし、最近はあまり店に顔を出さなくなっているもので――覚えていないんですから、古くからのお客さんじゃないことだけは確かです」

と、関口市子は言った。

「そうですか……」

古賀が関口市子の顔を覗き込むようにして言うと、

「この人が何か？」

関口市子は目を泳がせて訊いてきた。

「ええ。この男は後藤伸一といいましてね、綾香さんを誘拐した犯人のひとりだと思われます」

古賀が言うと、関口市子は一瞬絶句して、

「――どうして、この人が？……」

と強張った顔をして訊いた。

「それがわからないから、お訊きしているんです。この後藤伸一という男が、どうして綾香さんを誘拐したのか、心当たりはないですか？」

「そんな……どうしてこの人が綾香を誘拐なんか……わかりません。本当です。心当たりなんかありません」

関口市子の様子を見る限り、嘘を言っているようには思えない。

しかし、島田には関口市子が何かを隠しているような気がしてならない。

「この後藤伸一という男は、新宿と池袋でキャバクラを数軒経営していて、一時は羽振りがよかったんですが、今はすべて閉店しています。つまり、お金に困っている。今回、あなたの娘さんである綾香さんを誘拐して一億円を要求したその動機は、まあ、これでなんとなくわかるとして、問題はどうして、綾香さんをターゲットにしたのかということです」

古賀が問い詰めるように言うと、

「ですから、そんなことを言われても、わたしにもどうしてそんなことをしたのか、わかりませんよ……」

と、関口市子はハンカチを目に当てて言った。

古賀は、お手上げだという顔で島田を見た。

しかし、島田も何をどう訊けば、関口市子から手がかりになるようなことを訊き出せるのかすぐには思いつかず、沈黙するしかなかった。

と、チャイムが鳴った。

リビングにいた古賀と島田、橋本、青木、そして関口市子の顔に緊張が走った。

時計を見ると、午後八時を回っている。

「出てください」

古賀が言うと、関口市子は立ち上がって、リビングと玄関へ続く廊下を仕切っているドア近くの壁に行って、インターホンの受話器を取り上げた。

「はい。どちらさまですか？」

関口市子が言うと、

『わたしです。白井《しらい》です』

と、初老の男の声が漏れ聞こえてきた。

「！——どうなさったんですか？」

関口市子は、明らかに動揺して、島田たちの顔をうかがった。

『開けてください』

「あ、でも……」

関口市子が口ごもると、

『どなたがいらっしゃるか、知っています。わたしは構いませんから、中へ入れてください』

と、白井と名乗る男は、落ち着き払った口調で言った。

「わかりました。少々、お待ちください」

関口市子は、あきらめた顔をして受話器を置くと玄関へ向かった。

そして少しすると、関口市子は、高級そうなスーツを身にまとった、体格がよく品のいい白髪の初老の男を伴ってリビングに戻ってきた。

「刑事さん、ご紹介します。こちら、白井興産という会社の会長で白井信孝《のぶたか》さん――身代金の七千万円をお貸しくださった方です」

関口市子は、ばつが悪そうな顔をして告白した。

「わたしとママは古い付き合いでしてね。綾香ちゃんが小学校へあがる前から知っておりまして、娘のように思っているんです。ですから、誘拐されたと聞いて、もう気が気じゃなくて――で、捜査はどうなっているんです?」

白井は、落ち着き払った物言いだが、眼光するどく訊いた。

「全力を尽くしています――」

古賀は明言を避けた。

畠山美佳が死んだことも、加瀬敏が殺されたことも、一般の人にはまだ一切知らされていない。

人命にかかわる誘拐事件が起きたとき、警察は必ずマスコミ各社と報道協定を結ぶことになっているのである。

「犯人の目星はついているんですか?　どうなんです?」

白井は不信感をあらわにして訊いてきた。

「申し訳ありません。捜査の状況は、警察関係者以外の方にはお話しできないことになっていますので――」

古賀が言うと、

「わたしには訊く権利があるんじゃないんですか？」

白井は威圧するように言った。

七千万円もの金を用立てたということを言いたいのだろう。

「いや、そう言われましても――」

古賀が言葉を濁すと、

「刑事さん、わたしが知っていることを話す分には構いませんわよね？」

と、関口市子が口を挟んだ。

「それは――」

して欲しいことではない。

だが、七千万円もの大金を電話一本でポンと貸してくれた相手が、わざわざ訪ねてきたのだ。関口市子としては、白井が知りたいということを黙っているわけにはいかないだろう。

「白井さん、ここではなんですので、向こうの部屋へ……」

関口市子は、白井を自分の寝室へ行くように促した。

やはり、ふたりはかなり深い関係なのだろう。

だが、古賀は関口市子にも、畠山美佳の共犯者である加瀬敏が殺されたことも、その犯人が後藤伸一であろうということも言ってはいない。

まだ事件が続いている今、そんなことを教えたところで動揺と不安をあおるだけで、いい結果を生むことにはならないと判断したのだ。

「青木くん、白井興産がどんな会社か、調べられるか?」

島田が青木に耳打ちすると、

「ええ。すぐわかると思います」

と、言ってパソコンをいじりはじめた。

そして、二、三分すると、

「出ました——なかなか手堅い不動産ビジネスを行っている会社のようですね」

青木はそう言って、ノートパソコンの画面を島田に見せた。

画面には株式会社・白井興産のホームページの会社概要が映し出されている。

主な事業は貸しビル業とそのテナント管理業務で、年商十億円となっている。

都心の一等地に多数ある貸しビルは、すべて自社物件ばかりで、年商十億円のほとんどが利益ということになる危なげないビジネスをしているようだ。

「古賀、これを見てくれ——」

島田が古賀を呼んで、白井興産が持っている自社ビルのひとつを指さした。

「なるほど。やはり、そういうことなんですかね」

島田が指さしたそのビルは、関口市子の店である銀座のクラブ「ソフィア」が入っているビルだった。

関口市子と白井信孝は愛人関係にあるのではないか？　そして、もしかすると綾香の父親は、白井信孝なのではないか？——そんな想像が島田の脳裏をよぎったとき、ちょうど寝室のドアが開き、関口市子と白井がリビングにやってきた。

そして、白井は古賀たち捜査員のひとりひとりを険しい顔をして見ながら、

「今、どんな状況にあるのか、だいたいわかりました。しかし、くれぐれもこのことは覚えておいてください。わたしがママにお貸しした七千万円のことは、どうか気にせず、ともかく綾香ちゃんの保護を何よりも最優先してください。よろしいですね」

と言った。

「全力を尽くします」

古賀は、それだけ言い、軽く頭を下げた。

「じゃ、わたしはこれで――」

白井は、そう言うと、リビングを去って行った。

白井のうしろについていく関口市子の姿を見ていた島田は、強い違和感を彼女にもった。

白井と寝室に入っていく前と出てきたあとでは、関口市子の表情がやけに硬くなり、まるで能面のように無表情になった気がしたのだった。

関口市子の携帯電話に着信があったのは、午後十時二十三分だった。

「もしもし――」

緊張した顔つきで関口市子が電話に出ると、

『あんたの娘を預かっている者だ』

と、しゃがれた声が返ってきた。

「綾香は――綾香は無事なんですか⁉」

『ああ、心配はいらない。元気だよ――』

少しすると、

『お母さん、あたし、綾香――』

という緊迫した若い女の声が漏れてきた。

「綾香！　綾香〜ッ……」

関口市子が叫ぶと、

『娘が無事だってことが、これでわかったろ。しかし、これが娘の元気な声を聞く最後になるかならないかは、あんた次第だ』

と後藤伸一と思われる男が言った。

「そんな——どうすればいいんです？　お金なら用意してあります。ここにあります。どうか、娘を、綾香を帰してください。お願いします」

『物わかりがいいな。よおし、これからおれのいうことをよく聞け。明日の午前十時、代々木《よよぎ》公園に用意した一億円を持ってくるんだ。詳しい場所は、また明日の朝、指示する。いいな』

「わかりました。言うとおりにします。ですから、どうか娘を、綾香を——もしもし、もしもし……」

そこで電話は切られた。

「刑事さん——」

関口市子は、島田たちをすがるように見つめている。

「大丈夫ですよ、気をしっかりもってください」

古賀が言うと、橋本の携帯電話が鳴った。

「そうですか。わかりました。少し、お待ちください――」

橋本は、いったん携帯電話から耳を離して、

「係長、今の電話をかけてきた男は、新宿三丁目にいることがわかりました。男の携帯電話にはGPS機能がついています」

と言った。

GPS機能を利用すれば、その携帯電話を持っている人間の位置を特定でき、その誤差は五メートルから十メートルほどしかない。

総務省は、緊急時に役立つように二〇〇七年の四月以降に販売する携帯電話には、すべてGPS機能を搭載することを義務づけているが、自分の携帯電話にその機能がついていることを知っている人は、全体の二十パーセントに満たないという。

おそらく五十代後半の後藤伸一も、自分の携帯電話にそんな機能が搭載されているとは知らないのだろう。

古賀は少し考える顔になって、

「緊急配備《キンパイ》する手も考えられるが、危険を冒《おか》すのはやめたほうがいいだろう。島さ

ん、どう思います?」

と訊いてきた。

「わたしもそう思う。青木くん、GPS機能がついている犯人の携帯電話の番号がわかれば、こっちで追うこともできるはずだったな?」

島田が訊くと、

「はい。このパソコンに携帯電話の番号を取り込めば、追跡できるようになっています」

と答えた。

「やってみてくれ」

「はい——後藤伸一の追跡、ここからできるようになりました。しかし、どうやら車で移動しているみたいですね」

と言ったかと思うと、

「あっ、消えました。おそらく電源を切ったんだと思います」

と青木が言った。

携帯電話から微弱な電波が発信されていて、そこから近くの中継基地局を割り出して、おおよその場所が特定されるということを、後藤伸一は知っているのだろう。

四時間が経過し、午前一時を過ぎたころだった。

古賀の携帯電話が鳴り、うとうとしていた古賀が寝ぼけ眼で、

「もしもし、古賀……」

と出ると、その顔が見る見る間に変わっていった。

「――わかった。ご苦労さんだった」

「どうした?」

島田が訊くと、

「大変なことがわかりました――みんな、ちょっと集まってくれ……」

と、古賀は橋本、茂木、柴田、青木らを近くに集まるように小声で言った。

関口市子はもう眠っているはずだが、万一聞かれてはまずいことなのだろう。

「加瀬敏の部屋から採取した指紋の中に、二十五年前に世田谷で起きた未解決殺人事件の犯人の遺留指紋と一致するものがあったそうだ」

いつも柔和な顔をしている古賀だが、今の古賀の目には犯人を前にしたときのような鋭い眼光が宿っている。

「二十五年前の世田谷で起きた未解決殺人事件!?――たしかその事件は、おまえさん

が手がけた事件《ヤマ》じゃあ?……」

島田が驚いた顔で言いかけると、

「ええ。まだ駆け出しの刑事だったわたしが、世田谷署にいたときに起きた事件《ヤマ》です。被害者《ガイシャ》はその当時、サラ金と呼ばれていた会社を経営していた二代目社長の向田《むこうだ》泰明《やすあき》さん、三十二歳と、妻の容子《ようこ》さん、二十八歳です――」

と、古賀は悔しそうに顔を歪めて言った。

今の季節と同じ、あと一歩で春という三月末の天候不順な日の深夜、強盗が向田宅に押し入って夫妻を包丁で刺し殺し、炬燵《こたつ》の床下に隠していた脱税して得た二億円の金を持ち去って逃げるという凶悪な事件が起きた。

状況から捜査本部は向田家あるいは、経営していたジャスコムという会社の内情に詳しい者による犯行ではないかと見て、関係者を片っ端から洗い、アリバイのない二十人以上の人間たちを任意で事情聴取した。

しかし、殺害現場には複数の誰のものかわからない指紋が残されていたのだが、事情聴取に応じた人間たちの誰ひとりとして、それらのどの指紋とも一致しなかった。

また、深夜だったために現場から逃走する不審な人間や車の姿を目撃した人もおらず、とうとう事件は迷宮入りとなってしまったのである。

「その事件の遺留指紋と加瀬敏の部屋で採取された指紋が一致したということは、後藤伸一は二十五年前の強盗犯だということか？」

島田が言うと、

「ええ。加瀬敏の部屋から採取された指紋は三種類で、そのうちひとつは加瀬本人のもの、もうひとつは、畠山美佳のものだったそうですから、加瀬敏を殺したのが後藤伸一であれば、三つ目の指紋は後藤伸一のものだという可能性が極めて高くなります」

と、古賀は言った。

「二十五年前の事件と今回の関口綾香誘拐及び加藤敏殺害事件は、なんらかの形で関係しているということなのか……」

島田が言うと、

「島さん、実は向田夫妻には間もなく一歳になる娘がいたんですが、幸いなことに事件に巻き込まれることはなかったんです」

と古賀が言った。

「⁉——二十五年前、一歳だった娘？……ということは、今、二十六歳。おい、まさかその娘の名前は？」

「違います。綾香じゃありません。忘れもしない。優子《ゆうこ》という名前です」

古賀が慌《あわ》てて答えると、島田はふうっと大きくため息をついて、

「なんだ、それを早く言えよ」

と苦笑いした。

「すみません。しかし、わたしはすべてが単なる偶然のような気がしないんですよ。なんて言ったらいいか――とにかく、二十五年前のあの未解決殺人事件と今回の誘拐事件は、なにか繋がっているような気がしてならないんです」

未解決殺人事件――島田は、それに関わった古賀の中にずっと無念さや悔しさ、心残りといった様々な感情が複雑に絡み合っていたであろうことが痛いほどよくわかる。

しかも、二十五年前といえば、ちょうど島田の周りで同期の沢木が殺される事件が起き、それも迷宮入りになりそうになっていた時期と重なるのだ。

「古賀、今度はおまえさんが二十五年間、ずっと喉に刺さったままの小骨を取り除く番だな」

島田が言うと、古賀は、

「ええ」

と、顔を引き締めて答えた。

そして、再びみんなして仮眠に入ったのだが、島田は妙に頭が冴えて眠りにつくことができなかった。

島田の脳裏に、何かがひっかかっているのだ。

それが何なのかはっきりしない。

しかし、昼間、白井と一緒に寝室から出てきたときの無表情な関口市子の顔だけが浮かんでは消えるのだった——。

翌朝、強行犯3係の捜査員は、三台の捜査車両にそれぞれ乗って代々木公園に向かい、指定された一時間前の午前九時に到着した。

一億円を持った関口市子は、先頭の古賀と橋本が乗っている車両の後部座席に座っている。

その後ろに、茂木と柴田が乗った車両がつづき、最後尾に島田と青木の乗った車両がいる。

三十分が経った。

『まだ、後藤は携帯電話の電源を入れていないのか？』

イヤホンに先頭に止まっている古賀からの声が飛んできた。

「はい。まだです」

と、青木がパソコン画面を見つめて言った。

『わたしたちは、そろそろ公園内に入る。島さんと青木くんは、そのまま車で待機して、後藤の動きがわかったら伝えてくれ』

と、古賀が言った。

「了解」

青木が答え、前を見ると、古賀と橋本に挟まれるようにして関口市子が一億円の入った大きなバッグを重そうに持ち、それから少し離れて茂木と柴田があたりをさりげなく見回しながら、公園内につづいて入って行った。

そして、彼らの姿が公園内に消えて、しばらくすると、

「島田さん、後藤の居場所がわかりました！」

と、青木が叫ぶようにして言った。

「見せてくれ」

島田と青木のやりとりは、捜査員全員にイヤホンを通じて聞こえている。

パソコンの画面には地図が映し出されていて、小さな赤い丸が点滅して移動してい

る。

「昨日と同じ、新宿三丁目辺りをうろうろしているな――ン？　青木くん、この動き、おかしくないか？」

地図上では後藤伸一の携帯電話に搭載されているGPSは、代々木公園とは逆方向に進んでいるように見えるのだ。

「たしかに、これだと逆方向ですね……」

青木も首をかしげている。

『青木くん、ちゃんと見てくれ。見間違いじゃないのか？』

古賀の尖《とが》った声が飛んできた。

無理もない。誘拐犯の黒幕であり、二十五年前に自分が関わった未解決殺人事件の犯人が、もう間もなく目の前に現れると思っているのに、逆に離れていっているというのだから穏やかではいられないだろう。

（いったい、これはどういうことなんだ!?　どうして後藤伸一は、指定した代々木公園には向かわず、別のところへ行こうとしているんだ!?）

と、島田の脳裏に不意に、白井が関口市子のマンションから帰っていくときのふたりの様子が思い起こされた。

あのとき、島田は関口市子に強い違和感を抱いたのだ。

（！――もしかすると……）

「関口市子さん、聞こえますか？」

島田が叫ぶように言うと、

『はい。なんでしょう？』

と、訝《いぶか》しそうな声で返してきた。

「白井信孝さんの携帯電話の番号を教えてください」

『え？　どうしてですか？』

「いいから、早く！」

島田は叱《しか》り飛ばすように言った。

『ちょっと、お待ちください――』

関口市子が白井信孝の電話番号を言うと、島田は復唱して青木に伝え、白井が今どこにいるか追跡してみるように言った。

するとしばらくして、

「――後藤と白井は同じ方向に向かって車を走らせています！」

と、青木がパソコンを見つめたまま叫んだ。

『なんだと⁉　そりゃ、いったいどういうことだ⁉』

青木は、古賀が怒鳴りつける声をはじめて聞いた。

「古賀、やられたよ。おれたちは、後藤の陽動に見事にひっかかったんだ。やつは、ここには来ない。詳しいことはあとで話す。古賀と橋本は、いますぐ車に戻れ。茂木と柴田、関口さんを頼む！」

島田が言うと、捜査員たちは口々に「了解」と返してきた。

多摩《たま》川沿いにある廃屋になっている工場跡地にベンツで乗りつけた白井は、加瀬敏が乗っていた白のカローラでやってきた後藤伸一と十メートルほど離れて対峙していた。

「金は持ってきたか？」

後藤が言った。

「ああ――ここに一億ある……」

白井はベンツの助手席からボストンバッグを取り出し、中に入っている一億円の札束を見せた。

「あの子は、どこだ！」

白井が叫ぶように言うと、

「心配するな――」

後藤はカローラの後部座席を開けると、猿轡《さるぐつわ》を嚙《か》ませた上に両手を後ろ手に縛《しば》りつけた関口綾香を引っ張るようにして外に出し、顔にナイフを突きつけた。

関口綾香の顔は恐怖で引きつり、乱暴に扱われたからだろう、スカートから出ている足のストッキングが大きく伝線しているのが見える。

「このとおり、おまえのかわいい娘は無事だよ」

後藤がそう言うと、関口綾香は驚いたように大きく目を見開いた。

「その子を――綾香を自由にしろ、早く！」

白井が苛立って言うと、

「金が先だ。バッグをこっちに投げろ！」

後藤は勝ち誇ったように叫んだ。

白井は、顔を歪めて言うとおりにバッグを後藤めがけて投げつけたが、ちょうどふたりの間の真ん中に落ちた。

「てめえ、わざとやりやがったな！」

「わざとなんかじゃないさ。わたしも、もう歳だ。とても、おまえさんのところまでなんか投げられやしない」

言葉は弱気なようだが、白井のその物言いには余裕が感じられる。

「くそっ——動くなッ、動くんじゃねえぞ……」

後藤は関口綾香を人質に取りながら、じりじりとバッグに近寄っていった。

「後藤、おまえは、もう終わりだ——」

白井は断定的に言い放った。

「何を言ってやがる。おれは、この金でもうひと花咲かせてみせるさ。二十五年前のときのようにな」

「そんなことはできやしない。警察は、おまえが畠山美佳とかいう女を操って綾香を誘拐させたことを、とっくにつかんでいるんだ。もうどこにも逃げられやしない」

白井がそう言うと、

「なんだと!?」

と、後藤は驚いた顔をしてピタリと足を止めた。

「わたしもおまえも、二十五年前、ちゃんと捕まるべきだったんだ。いや、そもそもあんな事件を起こすべきじゃなかった……」

白井は立ち尽くし、苦渋の色を顔いっぱいに浮かべて言った。

「けっ、何を言ってやがる！　おまえは、おれが手を汚したおかげで、今の会社を作ることができたんじゃねえか！　散々、ぜいたくな暮らしを味わって、おまけにこんなべっぴんを愛人に産ませてよ、何が捕まるべきだった、だ。何があんな事件を起こすべきじゃなかった、だ。笑わせるんじゃねえ！」

後藤は吐き捨てるように言った。

「ああ、たしかにわたしは結構な財を成すことができた。しかし、そんなことでは何も満たされない。いや、金儲けをすればするほど罪の意識は増すばかりだ。わたしは、もうそんな思いをすることに疲れた……」

「う、うるせぇ！　だったら、もっと金を持ってこい！　何億あるんだ⁉」

後藤は思わず興奮して、関口綾香の顔にくっつけていたナイフを離して白井のほうに向けて叫んだ。

「いくらだ？　おまえは、いったい何億欲しい？」

「ぜんぶだ！　てめえの財産、ぜんぶもらってやろうじゃねえか――」

と、後藤が叫んだその瞬間、関口綾香が後藤に体ごとぶつかり、後藤がよろけた。

「綾香！」

白井が叫ぶと、

「――てめえ！」

と、踏み止まった後藤はナイフを高々と上げて、両手を後ろ手に縛られながらも、まっすぐに白井のもとに走っていく関口綾香を追ってきた。

「やめろ！」

白井は叫んで関口綾香のもとに走り、後藤と関口綾香の間に割って入った。

「うぐっ！」

白井はくぐもった声を上げた。

そして、ゆっくりと腹部を見ると、後藤の持つナイフが突き刺さっていた。

「うわっ……」

後藤は声を上げて、ナイフから手を離し、よろけながら一億円が入っているバッグのところに行くと、それを持ってカローラへ乗り込もうと走っていった。

猿轡をされている関口綾香は、ゆっくりと地面に崩れ落ちた白井のそばで言葉にならない声を上げて泣き叫んでいる。

と、遠くから捜査車両のサイレンの音が聞こえ、その音はぐんぐんと近づいてきた。

後藤が乗り込んだカローラは、なかなかエンジンがかからず、ようやく走り出したかと思うと、サイレンを鳴らしてやってきた二台の捜査車両に行く手を阻《はば》まれてしまった。

すかさず後藤はカローラから飛び出して、バッグを持ったまま逃走をはかった。

「島さん、こっちは任せてください！」

捜査車両から橋本とともに飛び降りるように出てきた古賀が叫んだ。

島田は返事をすることなく、倒れている白井と関口綾香のもとに青木といっしょに走りながら、

「青木、救急車だ！」

と叫び、白井のそばにいる関口綾香の猿轡と両手を縛っているロープを取り外した。

「おい、しっかりしろ！　すぐに救急車が来る！」

島田が、腹部にナイフが刺さっている白井を抱きかかえて叫んだが、白井は目をつむったままだ。

「白井のおじさん、目を開けて、お願い！　しっかりして！」

関口綾香が白井の腕を掴んで叫ぶと、白井がうっすらと目を開けた。

「――綾香ちゃん……」

白井はかすれた弱々しい声でそう言うと、悲しそうな笑みを浮かべた。

「わたしのお父さんだったんですね⁉　やっぱり……」

涙を流しながら関口綾香が言うと、白井は力なく首を横に振った。

「わたしは、綾香ちゃんの父親なんかじゃない……それどころか、二十五年前、あんたの両親を襲った強盗のひとりなんだ……」

白井が苦しげな表情をして言うと、

「何を言ってるの⁉　いったい、どういうこと⁇」

関口綾香は、驚きと恐怖で顔を強張らせた。

「許して欲しいだなんて言わない……ただただ申し訳ない……」

声に力がなくなってきている。

「もういい。しゃべらないほうがいい」

島田が言うと、

「刑事さん……わたしは、もう助からん……だから、言っておきたい……二十五年前、わたしと後藤は……サラ金会社を経営していた向田社長が、脱税して得た金を自宅に隠し持っているらしいという情報を握った――」

と、白井は語った。

白井は当時、中堅出版社が発行していた経済雑誌の編集者兼記者をしていたのだが、ギャンブルにのめり込み、サラ金数社から金を借りていた。

そのうちの一社が、向田泰明が経営していたジャスコムだった。

そのジャスコムの社長の向田泰明が数年かけて脱税し、二億円の金を自宅に隠し持っているという情報を持ってきたのが、白井が編集者兼記者をしていた経済雑誌にフリージャーナリストとしてネタを売り込んできて時折、記事を書いていた後藤伸一だった。

後藤伸一はフリージャーナリストといえば聞こえはいいが、いわゆるブラックジャーナリストで、総会屋や暴力団などとつながりを持って、企業の弱みを嗅ぎつけては金銭を要求するハイエナのような男だった。

「取り立て屋の催促に参っていたわたしは……向田家に押し入って、二億円をせしめようという後藤の計画に乗った……盗まれたところで、脱税して得た金だ。警察に訴え出ることはできないはずだからと言われて――だから、わたしも後藤もふたりを殺す気などまったくなかった。しかし……」

向田泰明に隠し場所を吐かせてから猿轡を噛ませ、両手を後ろ手にして縛り上げて、妻の容子に炬燵の床下に作ってあった隠し金庫を開けさせて、二億円をバッグに詰めさせ終えたとたん、ふたりの間に生まれていた赤ん坊が火がついたように泣きだした。

すると、ただでさえパニック状態になっていた向田の妻の容子が、赤ん坊の命が危ないと思ったらしく半狂乱になって声を上げて、赤ん坊のもとに走っていこうとした。

その容子のあとを追った後藤は、黙らせようとして思わず、持っていた包丁を容子の背中に刺したのだった。

『なんてことをするんだッ！……』

鋭い声で白井は叫んだが、血を流して動かなくなった容子を見た後藤は常軌を逸した目つきをして、今度は夫の向田泰明に近づいていくと、

『女房を殺されちまったんじゃ、こいつは黙っちゃいない――』

と言うなり、容子を刺した包丁で向田泰明の胸を思い切り突いたのだった。

両親の異変に気づいたからなのだろうか、赤ん坊はさらに激しく泣き声を上げた。

と、後藤は再び赤ん坊のもとに行こうとしたのである。

「わたしは、赤ん坊まで……手にかけようとする後藤を必死になって止めた……わたしは交通事故で妻と生まれたばかりの……女の赤ん坊を亡くしていたからだ……ギャ

ンブルに溺《おぼ》れたのも……そもそも妻と娘を亡くしたからだ……」

そして、白井と後藤は一億円ずつ入ったバッグを持って、赤ん坊が泣き声を上げつづけている向田家をあとにした。

「わたしと後藤は……二度と顔を合わさないと約束をして別れた……そして、わたしは会社をやめて大阪に移り住んだ……」

経済雑誌の記者をしていたおかげで仕手筋にも多くの知り合いがいた白井は、一億円を元手に株の売買に手を染め、あっという間に何倍にも増やすことができた。

そして五年ほどして東京に戻り、株で儲けた金を不動産につぎ込み、バブル景気に乗って次々に買っては転がして、おもしろいように資産を増やしていったのである。

「だが、わたしの心が満たされることはなかった……あのときの赤ん坊はどうしているのか、そのことが気がかりで――わたしは、探すことにした……」

調査会社を使って調べさせると、すぐにわかった。

あのときの赤ん坊は、向田容子の従妹で子供がいない関口市子夫婦のもとに引き取られて、名前は優子から綾香に変えられているというのだ。

両親があんな無残な殺されかたをし、その場にいたにも拘わらず生き残ったことを知られれば、優子にどんな災いが降りかかってくるかもしれないと、関口市子夫婦は考えたのである。

しかし、白井が綾香の居所を突き止めたとき、関口市子は夫を癌で亡くしたばかりで昼間はスーパーのパートに出て、夜はスナックで働くという境遇だった。

そして、白井は客として関口市子に近づき、何くれとなく面倒を見るようになっていったのである。

「だが、誤解せんでくれ……わたしと、お母さんとは男女の関係ではない……そんな関係になれるはずがない――」

やがて、白井は関口市子に銀座にある自分のビルの中でクラブを経営するように勧め、白井の手厚い後押しもあって繁盛するようになっていった。

「わたしをわが子のようにかわいがってくれたのは、罪の償いのつもりだったんですか……」

関口綾香は、目からぽろぽろと涙をこぼしながら言った。

「すまない……綾香ちゃんには……どんなことをしてあげても……わたしが許されないことは、よーくわかっている――」

いくら金儲けをしても、白井は虚《むな》しかった。

所詮は人の命を奪って得た金が元手なのである。

どんなに立派なビルをいくつも手に入れようとも、それらはまさしく砂上の楼閣にしか思えないのだった。

だから、白井は全国各地にある親を失った子供たちの児童福祉施設に、名前を伏せて多額の寄付をするようになった。

だが、名前を伏せれば伏せるほど、周囲の人々はどんな人物なのか興味を抱きはじめ、ついにあるとき正体が明かされ、新聞や雑誌に白井の顔写真が掲載されたのだった。

後藤伸一が白井のもとにやってきたのは、それからほどなくしてである。

この不況で、キャバクラ経営に行き詰まっていた後藤は白井に金の無心をしにきたのだ。

だが、白井は、そんな後藤の要求を一蹴した。

すると後藤は、白井が二十五年前、自分とふたりして強盗して向田夫妻を殺した人間だということを世間にバラしてやると脅した。

後藤のような男に一度屈してしまえばきりがない。

白井は、

『好きにすればいい。あの事件は、どうせとっくに時効になっている。たとえあのときの強盗のひとりがわたしだと世間に知られて、わたしの信用が地に落ち、わたしの会社が潰れたとしても、一生遊んで暮らせるくらいの財は成した。痛くもかゆくもない』

と、突っぱねた。

しかし、後がないところまで追い詰められていた後藤は執拗《しつよう》だった。

昔取った杵柄《きねづか》で白井に何か弱みはないかと周辺を嗅ぎ回っているうちに、銀座の高級クラブ「ソフィア」のママである関口綾香が白井の隠し子らしいという噂を耳にし、確かめるために店に通うと、それはホステスたちの間では公然の秘密になっていた。

そして、関口綾香は白井が関口市子に産ませた隠し子だとすっかり信じ込んだ後藤は、かつて自分の店で店長をしていた加瀬敏と、その彼女でママをやらせていた畠山美佳に、関口綾香を誘拐する計画を持ちかけたのである。

しかし、その誘拐はあくまで、白井に金を用立ててもらうための脅しだったのだが、欲をかいた加瀬敏は後藤には言わずに自分たちだけで、関口市子からも身代金を取ろうとしたのだった。

だが、畠山美佳はあんな死に方をしてしまい、その現場を見た加瀬敏は自分に警察の手が伸びてくるのを恐れて、部屋に監禁していた関口綾香を解放しようとしたのだが、後藤に知られて殺されてしまったのである。

一方、後藤伸一の顔写真を見せられた関口市子は、後藤と白井の関係に疑念を抱いた。

後藤は「ソフィア」に、白井の古くからの友人だと言って出入りしていたからである。

そして、後藤が加瀬敏を使って関口綾香の誘拐を画策した男であることを捜査員から聞かされた関口市子は、マンションにやってきた白井を寝室に連れて行き、後藤伸一との関係を問い質《ただ》してみた。

むろん、白井は知らぬ存ぜぬを貫き通した。

だが、白井が後藤との関係を否定すればするほど、関口市子の胸の中に棲みついた疑念は大きく膨らんでいった。

そもそもどうして白井は、赤の他人である自分と綾香にこれほどよくしてくれたのだろう?……どうして綾香を誘拐した犯人のひとりだと警察がいう後藤は、白井と古くからの友人だと名乗っていたのだろう?……もしや、まさか二十五年前のあの殺人事件にふたりは関係しているのでは?——そんな関口市子の白井に対する態度の微妙な変化に、島田は強い違和感を抱き、その違和感から後藤伸一と白井信孝は二十五年前の強盗殺人事件のときから繋がっているのではないかと推測したのである。

「——綾香ちゃん……」

白井は、もはや虫の息だった。

「なに？　白井のおじさん……」

関口綾香が白井の手を握りしめて言うと、

「わたしに……もしものことがあったら……わたしの財産は……すべて……綾香ちゃん……あんたに譲ると……遺書に書いた……頼むから受け……取ってくれ……」

白井は、そう言うと、すぅ～っと静かに息を吐き、ゆっくりと目を閉じた。

「ダメよ！……許さない！　死んじゃうなんて、許さないんだから～ッ！……」

関口綾香は、白井の体を激しく揺すって叫んだ。

しかし、白井は二度と目を開けることはなかった。その顔には、うっすらとだが笑みが浮かんでいるように見える。

そして、ようやく遠くから、今となっては遺体を搬送するだけの役目となってしまった救急車のサイレンの音が虚《むな》しく聞こえてきたのだった——。

第三章　誤認

大井《おおい》署に設置された捜査本部で『西大井三丁目主婦殺害事件』の初の捜査会議が終わると、指揮を執る捜査主任の武井《たけい》刑事課長が島田のもとにやってきて、

「あれが噂のおまえの相棒か――」

と、捜査本部長の山口《やまぐち》署長のうしろについて会議室から出て行く青木の背中を目で追いながら言った。

「?――青木にどんな噂が立っているんだ?」

武井と島田は同期だが、最後に顔を合わせたのはいつだったか思い出せないほど会うのは久しぶりのことだった。

武井は入庁したての若いころ、痩せた小柄な体格で、いつもどことなくおどおどしているうえに少し吃音《きつおん》の気もあって、同期たちからは親しみと軽い嘲笑を込めて「タケ」と呼び捨てにされていたものだが、今の武井にはそのころの面影はまったくといっていいほどない。

武井の現在の階級は警視で、体格は小柄なままだが歳をとって贅肉がつき、それが

貫禄となっていて、吃音もすっかりなくなっている。

「東大卒キャリアのくせに、現場好きの変わり者って噂さ」

武井は鼻で笑うようにして言った。

（〝くせに〟という言い方はないだろう……）

島田は胸の内でそう思ったが、

「そうか。悪い噂じゃなくて、安心した」

と軽く受け流した。

たしかに青木は警察内部の者から見れば、相当な変わり者に思われてしまうだろうと島田も思う。

なにしろ彼は、警察庁に毎年わずか十数人しか入ることができない国家公務員試験一種に合格した、いわゆるキャリア組と呼ばれるエリートなのである。

キャリアは入庁した時点でいきなり警部補からはじまり、昇進試験を受けることなく年功序列型で階級が上がっていく。

しかも、警部補になってわずか一年から二年で警部、二十代後半で警視という猛スピードで出世していき、その後は警視正となって地方や小規模な警察署の署長を務めて警察庁に戻り、警察官僚の道を突き進むのである。

だが、青木は昇進を断りつづけ、二十七歳になろうとしている今も警部補のまま、島田のもとで危険と隣り合わせの現場で捜査に当たっているのだ。

さっき青木に署長室にいっしょに来るように言った山口署長は弱冠三十二歳にして警視正で、青木の大学の先輩でもあるキャリアである。

山口署長は、後輩の青木に何故昇進を断るのか問い質《ただ》し、自分のあとにつづくように説得するつもりなのだろう。

「島田、あのキャリアさん、まさか、おまえに洗脳されたわけじゃないだろうな?」

武井は、冗談とも本気ともつかない顔で言った。

「青木はキャリア組の中でもトップの成績で入庁したらしい。そんな優秀な男を、わたしがどうして洗脳なんかできるっていうんだ?」

島田は冗談だと受け取って返したのだが、

「優秀な頭脳の持ち主たちが、ワケのわからんカルト宗教の教祖に洗脳されて、とんでもない事件をやらかした例もある」

と、武井は真面目な顔をして言った。

「武井、おまえ、いったい何が言いたいんだ?」

島田が怪訝な顔をして訊くと、

「島田、言葉遣いに気をつけろ。おまえは警部補だろ……」

と、武井は苦々しい顔つきで言った。

(?――)

島田は言っている意味がわからず、武井の顔を見つめると、その先を言わせる気なのかと言いたげな顔をして苛立ちをあらわにしている。

要するに武井は、いくら同期だとはいえ、警視の自分に二階級も下の警部補のおまえがタメロをきくなと言いたいらしい。

(しばらく会わぬ間に、つまらん男になったもんだ……)

島田は、うんざりしながらも、

「――武井刑事課長、言いたいことがあるんなら、はっきり言ったらどうなんだ?」

と、真顔で言い直したが、言葉尻が気に入らないのだろう、武井は聞こえよがしに小さく舌打ちすると、

「おまえが、沢木を殺した真犯人を見つけ出したという話は、おれもとっくに耳にしている。もちろん、そのことについては同期として、よくぞやってくれたと思っている。その現場に、あの青木警部補もいたそうだな。そりゃ二十五年かけて、親友の無念を晴らしたおまえの姿を直に見れば、若い彼が、おまえに警察官としての理想像を

みたような気持ちになるのも無理はないかもしれん。しかし、だからといって、キャリアの青木警部補をいつまでも手元に置いて飼い慣らそうとするのは感心せんな」

と言った。

「おい——武井、課長、おれが彼を飼い慣らそうとしているなんて、だれがそんなことを言っているんだ？　だいたい、そんなことをして何の得になる？」

呆れてものも言えないとは、このことだ。

「だれが言い出したかは知らんよ。だが、おれの耳に入ってきているのは事実だ。それに得があるかどうかでいえば、青木警部補はおまえの娘さんと交際しているらしいじゃないか」

島田は不意打ちを食らったように驚いて、思わず口を半開きにして武井の顔を見た。

（誰がそんなことまで調べているんだ？……）

頭の中でそんなことを考えていると、

「ま、悪いことは言わん。一刻も早く彼をキャリア本来の道に戻してやれ」

武井の上から目線の物言いに、

「そっちこそ、おれの相棒を早く捜査に戻すように本部長さんに掛け合ってきてくれ」

　すかさず島田が切り返すと、武井は目を剝《む》いて睨みつけた。

「それにはおよびません」

　突然、背後から青木の声がして振り向くと、

「──お待たせして申し訳ありませんでした」

　青木はぺこりと頭を下げた。

「もう用件は済んだのか？　ずいぶん早いな」

　島田が武井から視線を外して訊くと、

「はい。捜査とは関係のない話だったので、早々に切り上げてきました」

　青木はまるで悪びれずに笑顔で言った。

「そうか──武井課長さん、どうするね？」

「ン？」

　武井は意味がわからず訊き返した。

「わたしたちを外すなら、今のうちだと思うが？」

　自分と青木は納得できないことがあれば、捜査主任や捜査本部長の言うことも聞かないがそれでいいのか？──という意味合いを込めて挑発的に島田が言うと、武井は

顔を歪《ゆが》めて、

「勝手にしろッ」

と、吐き捨てるように言って会議室から出ていった。

してやったりと、青木と顔を見合わせて笑みをこぼすと、

「署長が呼んだのは、現場から離れろって話か？」

と、静かになった会議室で島田が訊いた。

「ええ、まあ、そんなところです」

青木は苦笑いしている。

「あの山口って署長、どんな先輩なんだ？」

「ああはなりたくないなと思う典型的なキャリアのひとりです――武井刑事課長は、どんな人なんですか？」

青木が言うと、

「同期だが、上司になって欲しくないと思う典型的なノンキャリアのひとりだ」

島田は含み笑いを浮かべて答えた。

『西大井三丁目主婦殺害事件』が起きたのは、昨日のことである。

殺されたのは、山崎裕子《やまざきゆうこ》という二十八歳の専業主婦で、自宅のリビングの床の上で胸と腹をそれぞれ二か所、合計四か所を台所にあった包丁で刺されて失血死していた。

第一発見者は、午後七時過ぎに会社から帰宅した夫の山崎剛史《たけし》、四十歳。ふたりの間に子供はいない。

一一〇番通報を受けて、現場に駆けつけた機捜の報告によると、被害者の着衣に乱れがなかったことや室内を荒らされた様子もないことから、顔見知りの怨恨《えんこん》による犯行の可能性が高いのではないかと思われる。

また、近所に住む増岡晴美《ますおかはるみ》という主婦が午後四時半ごろ、山崎裕子の家の玄関から若い男が慌《あわ》てて出てくる姿を買い物帰りに目撃したと証言している。

そして司法解剖の結果、被害者の死亡推定時刻は、その日の午後三時から五時の間とされたことから、増岡晴美が目撃したというその若い男が事件に関わっている可能性が高いと思われる。

さらに、鑑識の調べによると、凶器となった包丁に指紋は付着していなかったが、家の中から採取された八種類の指紋のうちのひとつが、前科者リストにあった指紋と一致した。

その指紋の持ち主の名前は、三田村直人《みたむらなおと》、二十七歳で、七年前に傷害事件を起こして三年の実刑を受けている男だった。

「この家だな――」

殺害現場となった山崎裕子の家の近くまで青木といっしょに捜査車両でやってきた島田が、増岡晴美の家の表札を見つけて言った。

山崎裕子の家のはす向かいにある、古い一戸建ての家である。

「はーい」

チャイムを押すと、中から中年の女性の声がして、

「どちらさまですか？」

と、ドア越しに警戒した口調で言った。

「警察の者です」

島田が言うと、鍵を開ける音がしてドアが開き、ふっくらとした体格の女性が緊張した顔をして姿を見せた。

「島田と言います」

「青木です」

ふたりは警察手帳を見せて、

「増岡晴美さんですか？」

島田が訊くと、

「はい――」

と、増岡晴美はゆっくり頷いた。

「昨日の午後四時半ごろ、亡くなられた山崎裕子さんの家の玄関から、若い男が慌て
て出て行くのを目撃したそうですね？」

島田は努めて穏やかな口調で訊いた。

「え、ええ……」

増岡晴美の顔に、面倒なことになったという後悔の色が浮かんでいる。

それを読み取った島田は、

「貴重な情報をありがとうございます」

と言って深々と頭を下げ、

「その若い男というのは――この男ではなかったでしょうか？」

と、すかさず上着の内ポケットから写真を取り出して見せた。

七年前の逮捕時に警察が写した三田村直人の二十歳のころの写真である。

「――いいえ、違います」

増岡晴美は拍子抜けしたような顔をして言った。

「違う？　もう一度、よく見ていただけますか」

島田が言うと、増岡晴美は、頷いて再び写真をまじまじと見つめたが、

「やっぱり違います。年齢は同じくらい――う～ん、もうちょっとだけ上に見えましたし、まるで別人です」

と困り果てた顔をして言った。

島田は腕時計を見ながら、

「増岡さん、これから――そうですねえ……二時間もかからないと思うんですが、お時間取らせていただけませんか？」

と訊いた。

腕時計の針は、午前十一時になろうとしている。

「いったい何をするんですか？」

増岡晴美は不安そうな顔をしている。

「似顔絵を作成したいんです。署まできていただかなくても、こちらに署員をこさせて描かせますから。どうか、ご協力お願いします」

島田が頭を下げると、隣にいた青木も深々と頭を下げた。

「え、ええ。わかりました。でも、自信ないですよ？」

「できる限りで構いません。よろしくお願いします」

島田はもう一度頭を下げ、目で青木に大井署に連絡するように言った。

増岡晴美の証言をもとに似顔絵を鑑識課員に描かせている間、島田と青木は、はす向かいの山崎家に行き、自分たちの目で現場となったリビングなどを見て回ることにした。

山崎剛史・裕子夫妻の家は建て坪こそ小さいが、注文建築なのだろう、とてもしゃれた造りになっている。

そして、夫の山崎剛史はヨーロッパの家具やインテリアの輸入販売を手がける会社を経営しているだけあって、室内に置かれている家具やインテリアは高価そうな趣味のいいものばかりだった。

現場となったリビングには、まだ死体位置マークがあり、血痕も生々しく残されているが、特に目を引いたり不審に思うようなことはなかった。

ただ、犯行があったのが昼間の午後三時から五時であり、胸と腹を計四か所も刺されていたということから考えて、犯人は被害者とよほど親しい関係にありながらも、強烈な殺意を抱いていた人間に違いないと改めて強く思ったのだった。

一時間ほどして似顔絵が完成したという報告を受けた島田と青木は、それを持って今度は山崎裕子の夫、山崎剛史が五反田《ごたんだ》駅近くのビルの四階を借りて経営している会社へ向かった。

昨夜、妻が殺されている姿を目の当たりにした夫の山崎剛史は、夜中まで警察で発見したときの様子や彼女の交友関係などをしつこく訊かれ、その日は家に帰らずにホテルに泊まったということである。

妻が何者かによって殺害されるという悲惨な事件の当事者となってしまった山崎剛史は、仕事どころではないはずだが、かといって現場となった家に帰る気にも、ホテルの部屋でじっとしているわけにもいかず、結局、仕事をしているほうが気が紛《まぎ》れるということで今日から出社しているらしい。

「この男に見覚えはありませんか？」

凝《こ》った家具やインテリアが配置されている社長室に通された島田は、青木と並んで座り心地のいいソファに腰を落ち着けると、さっそく山崎剛史に似顔絵を見せて訊いた。

似顔絵の男は年齢は二十代前半から半ばで、お世辞にも美男とは言い難い、陰気な印象を与える顔立ちをしている。

山崎剛史は、その似顔絵を手に取って一瞥《いちべつ》すると、

「いえ、知りません」

と、素っ気なく言った。

昨夜は眠れていないのだろう。山崎剛史の目は落ちくぼんで、顔も青白い。

「この男は何者ですか？」

山崎剛史は似顔絵をテーブルに置くと、目と目の間を親指と人差し指でつまんで揉むようにして訊いた。

「奥さんが何者かによって殺害された、昨日の午後三時から五時の間の四時半ごろ、こんな顔をした若い男がお宅から慌てて出ていく姿を見たという、ご近所の方がいましてね。その人の記憶をたどって、この似顔絵を作ったんですが、本当に見覚えはありませんか？」

島田が訊くと、

「ありませんね」

と、山崎剛史は即座に答えた。

「では、この男はどうでしょう？」

島田は上着の内ポケットから、三田村直人の顔写真を取り出して見せた。

「――いや、知りません」

山崎剛史は、力なく首を横に振った。

「そうですか……ところで、これは昨夜も訊かれたことだと思いますが、奥さんは誰かに恨まれていたということはないですか？」

島田が訊くと、

「いいえ、そんなことはないと思います」

と答えた。

「では、つかぬことをうかがいますが、ご夫婦仲はどうだったんでしょう？」

島田が訊くと、山崎剛史は顔色を変えて、

「どういう意味ですか？」

と、訊き返した。

島田は、もう一度、三田村直人の顔写真をかざすように山崎剛史に見せながら、

「この男は、三田村直人、二十七歳。新宿歌舞伎《かぶき》町のホストクラブ〝シャトー〟という店で働いているホストです。あなたの奥さん、山崎裕子さんは、この店の常連で、この男をいつも指名していたそうです」

と言った。

西大井三丁目から山崎剛史の会社にくる途中、三田村直人の行方を追っている所轄の刑事から、彼の現在の職業がわかったという報告が無線で入ったのである。

その三田村直人の指紋が、殺害現場となった山崎夫婦の家の中にあったということは、当然ながら三田村直人は部屋に入ったことがあるということだ。

「もしかして、その男が犯人なんですか⁉」

山崎剛史は、青白い顔をさらに紙のように白くさせながら、握った拳をわなわなと震わせて言った。

「そこまではまだ——ただ、なんらかの形で事件にかかわりがある人間のひとりだと見ています」

島田は、三田村直人に前科があることも、彼の指紋が山崎夫婦の家から採取されたことも伏せたが、所轄のふたりの刑事が彼の行方を捜しており、見つけ次第任意同行を求めて署に連行することになっている。

「わたしと妻は、ちょうどひと回り歳が離れていましたからね。彼女を甘やかして、好きにさせていたことは否めません。わたしにしてみれば、仕事が忙しく、彼女にかまってやる時間が持てないという弱みもありましたから——しかし、そんなホストクラブ通いをしていたなんて知りませんでした……」

山崎剛史はショックを隠せぬ様子で語った。

山崎剛史と中堅商社のOLをしていた旧姓、梨本《なしもと》裕子が知り合ったのは四年前で、昨今流行《はや》りの婚活パーティの席だった。

そのパーティは赤坂にある一流ホテルで開かれ、男性は年収一千五百万円以上という条件で参加費無料なのに対して、女性は年収制限はない代わりに参加費三万円という高額なものだったという。

そうした婚活パーティでは、なかなかカップルが成立しないものだが、山崎剛史と梨本裕子ははじめて参加したにも拘わらず、互いが指名し合ってカップルとなり、そのまま交際をスタートさせて、一年後にはハワイで盛大な結婚式を挙《あ》げた。

たしかに山崎剛史は四十歳にしては若々しく、容姿も二枚目の部類で社長という肩書を持ち、妻の裕子はタレントにしてもいいような美人で、ふたりは傍目《はため》からは非の打ちどころがない理想的なカップルに見えるだろう。

しかし、いざ結婚していっしょに生活してみれば、年収一千五百万円以上を稼ぐ夫は会社経営の仕事に追われて妻にかまってやれず、妻は妻でその寂しさをホストクラブ通いで紛らわしていたのだ。

そしてその挙げ句、妻は何者かによって殺され、夫が第一発見者となるとは、だれが想像できただろうか――。

「最後にもうひとつお訊きします。山崎剛史さん、あなたは奥さんが亡くなった昨日の午後三時から五時までの間、どこで何をしていましたか？」

島田の問いに、

「アリバイというやつですね――それについては、昨日も他の刑事さんに言いましたけど、ここで仕事をしていましたよ。午後三時から五時ですよ、当たり前でしょう」

と、山崎剛史は怒気を含んだ口調で答えた。

「わかりました。では、今日のところはこのへんで失礼します。またうかがうことがあるかもしれませんが、そのときはご協力をお願いします」

島田はそう言って、青木とともにソファから立ち上がった。

「ええ。ともかく犯人を一刻も早く逮捕してください。そうじゃないと妻が浮かばれない」

山崎剛史も立ち上がると、やつれた顔で言った。

島田と青木が大井署に戻ったのは、夕方の五時を回ったころだった。

所轄の久保《くぼ》という四十半ばの刑事と門脇《かどわき》という三十を過ぎたばかりの若い刑事が、三田村直人を探し出し、署に連れてくるという連絡が入ったのである。

署に着いた島田と青木が、マジックミラー越しに取調室が見える部屋に入ると武井がいて、すでに事情聴取がはじまっていた。

『もう一度、訊くぞ。おまえ、昨日、西大井三丁目の山崎剛史とその女房の裕子の家に行ったな？』

三田村直人と向き合ってパイプイスに座り、メタボな太鼓腹を突き出すようにしている久保は、安物のネクタイを手でいじりながら面倒くさそうに訊いている。

『行ったっスけど、おれ、なんにもしちゃいないっスよ』

三田村直人は、おどおどしながら答えている。

島田が持っている七年前の写真と目の前にいる三田村直人は、やはり人相がかなり違っていた。

三田村直人はホストをしているだけあって俗に言うイケメンで、目元まで垂れ下がっている髪の毛は茶髪と黒髪のメッシュにして、眉を細く剃って整え、唇もやけに艶っぽく光っている。

『訊いたことだけに答えりゃいいんだよ。何時に行った？』

久保の物言いは抑揚がなく、感情が乏しく聞こえるが、それが却《かえ》って凄《すご》みと不気味《ぶきみ》さを感じさせる。

『えーと……三時半ぐらいだったんじゃないスかねぇ』

三田村直人の、いちいち語尾に「～ス」という言葉遣いはやけに耳障《ざわ》りだ。

『なんのために、行ったんだ？』

久保の目つきが鋭くなった。

『なんのためって……』

三田村直人は口ごもった。

しばし、沈黙がつづいた。

『言え――』

久保が呟《つぶや》くように言った。

『は？』

聞こえなかったのか、三田村直人が訊き返すと突然、

『ナメてんのか、この野郎ッ！』

久保は大声で叫んで立ち上がると、三田村直人の胸ぐらを摑んで、

『なんのために行ったんだって訊いてんだよ、おおッ⁉』

と、凄んだ。

ついさっきまでの人間とは思えない久保の豹変ぶりに、三田村直人は、顔をひきつらせてひどく怯えている。

ベテランの久保のこうした恫喝するやり方は、島田は好きではないが、ある種の気の弱い人間には効果的なことは確かである。

『だ、だからあれっスよ。最近、あんまり店にこなくなったし、電話してもなかなか出てくれなくなったから直接会って確かめようと思ったんスよ』

『確かめるって何をだよ』

久保はまた抑揚も感情もない物言いに戻っている。

『他に男ができたのかどうか……』

『で？――』

久保は再びイスに座ると、またネクタイをいじりながら、面倒くさそうに訊いた。

『問い詰めたら――そうじゃないけど、もうホストクラブ通いも飽きたからって……』

『で？――』

『でって――それだけっスよ……』

三田村直人は、目をきょろきょろさせながら黙りこんだ。

『おい——』

久保がネクタイから手を離して呼んだ。

『?——』

三田村直人が、怯えの色を浮かべた目で久保の顔を見たとたん、

『それだけのわけがねえだろがッ!』

と、久保は再びイスから立ち上がって三田村直人の胸ぐらを摑みあげると、ぐいぐいと壁のほうへと押しやって、

『てめえのようなヒモ野郎が金づるの女を、はいそうですか、わかりましたと簡単に手放すわけがねえだろうが！　手を切る気なら、亭主にふたりの関係をバラすとかなんとか脅したんだろ？　それでも言うことをきかねえもんだから、てめえは七年前にケンカ相手を刺したときみてぇにカッとなって、台所にあった包丁を持ってきて刺した! 違うか? 違うか、この野郎、どうなんだ? おおッ!?』

と、一気にまくしたてながら首を絞め上げた。

『違うッ……おれは、そんなこと——してないッすよ……』

三田村直人は苦しそうに途切れ途切れに声を出して、必死になって否定している。

「武井課長、あれはやり過ぎだろ」

マジックミラー越しに見ていた島田が呆れたように言った。

青木も、同感だと大きく頷いて、武井の顔を見ている。

しかし、武井は、

「前科《マエ》持ちにゃ、あれくらいやらんとな——なぁに、心配いらん。久保は、ベテランだ。ちゃんと加減は知っているさ」

と、まったく意に介さない。

『ほら、ちゃんと座れや——』

久保が三田村直人の胸ぐらを摑んだまま、押しやっていた壁からイスに座らせて手を離してやると、三田村直人はゴホゴホと咳き込みはじめた。

と、久保はそんな三田村直人の髪の毛を鷲摑みにして、

『いいか、三田村、おれは、しつこいぞ。犯人《ホシ》はこいつだと思った野郎は、必ず吐かせるからな』

と、低く鋭い声で凄んだ。

『刑事さん、本当っスよ。おれ、なんにもやっちゃいないってば……』

三田村直人は、半ベソをかいている。

しかし、久保は、

『まあ、いい。時間は、たっぷりあるからなぁ。ここらで、休憩しようや。おめえは、呼ばれるまで檻の中で頭冷やしてな――』

と言って、取調べを一度打ち切った。

三田村直人は門脇に連れられて取調室を出ていき、その少しあとに久保も部屋を後にした。

「これを見てくれ――」

久保たちと同じタイミングで部屋を出て行こうとした武井に、島田は上着の内ポケットから似顔絵を素早く取り出して見せた。

「?――どうしたんだ、この似顔絵?」

武井は似顔絵を見つめたまま訊いた。

「昨日の午後四時半ごろ、被害者《ガイシャ》の家から慌てて出て行った若い男の姿を、近所に住む増岡晴美という主婦が見たと言ってたろ?」

「ああ」

「三田村直人だろうと思って、裏を取りに行ったんだが、三田村直人の写真を見せたら、別人だって言うもんでね、鑑識を呼んでこれを作ってもらった」

「で、この似顔絵の男が何者かわかったのか？」

武井は訝しそうな顔をして訊いた。

「そうすぐわかりゃ、苦労しない。これをコピーして、捜査員全員に渡して聞き込みをしてもらおうと思うんだが――」

しかし、武井はすぐには返事せず、

「検討しよう。だが、とにかく今は、あの三田村直人に絞る。やつの部屋に、きっと何か犯行を示す証拠があるはずだ。これからすぐガサ入れの令状《フダ》を取る。おまえたちも行ってきてくれ」

と言って、取りあおうとはしなかった。

その夜の午後九時を少し回ったころ、島田は大井町駅前の居酒屋のカウンターで武井と並んで座っていた。

「こうしておまえと酒を酌み交わすのも、何年ぶりになるかな」

武井が、島田のコップにビールを注ぎながら言った。

三田村直人の聴取を見終えてすぐに、島田は青木や所轄の捜査員たちと新大久保にある三田村直人のマンションに行って家宅捜索したのだが、山崎裕子殺害につながるような証拠は何ひとつ見つからず、捜査本部に戻ってくると、武井が島田に付き合えと言ってこの店に連れてきたのである。

「最後に飲んだのが、いつだったか思い出せないくらい久しぶりだな――で、何か、おれに話があるのか？」

島田は捜査になんの進展もないというのに、こうして酒を飲むのは気が進まないことではあったが、捜査主任であり、同期でもある武井の誘いを無下《むげ》に断るわけにもいかなかった。

「昼間は、絡むようなことを言ってすまなかった」

武井は、コップのビールをひと息にあおって言った。

「――何か言ったか？　もう忘れた」

島田はそう言って、空になった武井のコップにビールを注いでやった。

「島田、おまえは昔とちっとも変わらんな……」

「そうかぁ？」

島田は語尾をあげて言い、おどけてみせた。

だが、武井は、

「山口署長は、おれのことを買ってくれていてな。そんな署長に、青木警部補をキャリアの道に戻すよう、同期のおれからおまえに言ってみてくれと頼まれたんだ」

と、表情を硬くして言った。

「またその話を蒸し返す気か。そうなら、おれは帰るぞ」

島田がそう言うと、

「いやそうじゃない――今回の事件《ヤマ》のことで、おまえと話をしておきたいことがあるんだ」

と、武井が言った。

「今回の事件《ヤマ》が、どうかしたのか?」

島田はイスに座り直した。

「うむ。山口署長は、今度の人事異動で、警察庁に戻ることになったらしい。おれとしては、今回の事件《ヤマ》を早期解決することで、これまでの山口署長の恩に報いたいと思っている。だから、ぜひとも、おまえも力を貸してくれ」

武井はそう言うと、軽く頭を下げた。

「武井――おれはどんな事件だろうと、いつだって早期解決を目指す。いや、刑事なら誰だってそうだろ? 捜査主任が同期だろうと、どんなにイヤな上司がなろうと、そんなことは関係ない。とにかく、一刻も早く犯人《ホシ》を挙げることだけを考える。それだけだ」

島田が言うと、

「そうか――そうだったな……」

と、武井は神妙な顔つきで言った。

その後、ふたりは昔話に花を咲かせたが、沢木を殺害した野村健一のことについては暗黙の了解のように触れることはなかった。


翌日の朝、島田はズキズキと頭痛がするほど二日酔いになっていた。

昨夜、武井に誘われて居酒屋で飲む羽目になり、早々に帰宅するつもりだったのだが、こうして酒を酌み交わすことができる機会は滅多《めった》にないのだからと武井に引き止められて、ついつい深酒をさせられたのである。

午前八時半、頭痛に耐えながら大井署に着くと、捜査本部がある会議室の入口で待ちわびていたように顔を出していた青木が走り寄ってきた。

「島田さん、大変です」

「どうした……」

島田が顔をしかめて言うと、

「三田村直人が犯行を自供したそうです」

と、青木が言った。

「！——なに⁉」

島田は、一瞬頭痛が消えた。

「昨日の夜、久保刑事と門脇刑事が取調べを行って吐かせたそうです」

青木は浮かない顔をしている。納得がいかないのだ。島田も同様だった。三田村直人が犯人だということに納得がいかないのではない。

犯人だったとしても、あれほど否認していた三田村直人が、たった一日で自供するというのが不自然な気がするのだ。

まして、三田村直人には前科がある。一度、塀の中に入った者は、その不自由さは相当堪《こた》えるもので、二度と行きたくないと思うものである。

それでも罪を犯す者は犯してしまう。

だが、再び逮捕されると、またあの塀の中の生活はゴメンだと思い、決定的な証拠を突きつけられるまで必死に否認するものなのだ。

島田は、昨日の久保の取調べの光景を思い出していた。

あれはかなり強引な取調べで、人権問題になりかねないやり方だった。

（！――もしやッ……）

島田の胸の中に大きな疑念が広がってきた。

昨夜、武井が自分を居酒屋に誘って遅くまで付き合わせたのは、もしかすると、久保が行う三田村直人の取調べの様子を島田に見せないためではなかったか⁉

島田の脳裏に大井署署長の山口の姿が浮かんできた。

武井は、今度の人事異動で、自分を買ってくれている山口署長のためにも今回の事件《ヤマ》を早期解決させて、山口署長の恩に報いたいと言っていた。

（そのために、昨夜、もっときつい取調べを久保にやらせたんじゃあ？……）

そう思う一方で、三田村直人には山崎裕子を殺害した決定的な証拠は今のところ何もないということを思い返していた。

いくら自供したといっても、地検は物的証拠が乏しい案件は公判の維持が難しいとして、捜査のやり直しを求めてくるのが一般的で、無理に自供させるのは却って警察にとってはマイナスに働くことにもなりかねないのだ。

「まずは、報告を聞こう――」

島田は青木にそう言って、捜査本部の一番前の席に陣取った。

会議が始まる九時一分前きっかりに、山口署長と武井が会議室に並んで入ってくると、捜査員一同は立ち上がり、敬礼をして席に着いた。

「えー、では、捜査会議をはじめる――」

武井が言った。

武井は島田と違い、見た目では少しも二日酔いになっているように見えない。してやられたのではないかという疑念がわいてきて、腹が立ってきそうになったが、島田は冷静になろうと努めた。

「まず、喜ばしい報告がある。本件について任意同行を求めた三田村直人に対して、昨日から久保、門脇両刑事が事情聴取をつづけていたところ、夜になって三田村直人が被害者である山崎裕子さんを殺害したと自供した」

会議室がどよめいた。

「久保巡査部長、詳しい報告を頼む――」

ざわついているのを収めるように、武井が声を大きくして言った。

武井の隣にいる山口署長の表情に特に変化はないが、島田には喜びを堪えて平静を装っているように見えなくもない。

そして、島田と青木と同じく最前列に座っていた久保が立ち上がり、体を斜めにして捜査員たちに顔を向けた。

深夜遅くまで取調べをやっていたのだろう、久保の顔には疲労がたまっているように見え、その目は真っ赤《まっか》に充血している。

「では、報告します。今、課長からもあったように、三田村直人は、当初は犯行を否認し続けていましたが、昨夜遅くになって、ついに犯行を認めました。自供によりますと、三田村直人は、一年ほど前から肉体関係があった山崎裕子さんが最近になって、自分が勤めるホストクラブに通ってくることがなくなったため、他に好きな男ができたのではないかと思い、一昨日《おととい》の午後三時半ごろ、山崎家を訪ねた。そして、無理やり家に上がり込んで問い詰めているうちに口論となり、山崎裕子さんになじられてカッとなった三田村直人は、台所にあった包丁を持ち出して、山崎裕子さんの胸と腹を数度刺した。ハッと我に返ったときには時すでに遅く、山崎裕子さんは血まみれになって息絶えていたということです」

久保がひと息つくと、

「凶器に指紋がなかったのは、拭き取ったと言っているのか？」

と、武井が訊いた。

「はい。被害者《ガイシャ》の家から逃げる際に、自分の服で包丁の柄の部分を拭き取ったそうです」

久保が答えると、

「あれだけ刺したんじゃ、返り血を浴びたはずだが、どうやって被害者《ガイシャ》の家から逃げたと供述しているんだ？」

と、武井が訊いた。

「はい。玄関から、通りを人が歩いていないかを確かめて、被害者《ガイシャ》の家の近くに止めてあった車まで走って行ったと供述しています」

「返り血のついた衣服は、どうしたと言っているんだ？」

「家の近くのゴミ箱に捨てたと言っています」

「ご苦労――では、これからの捜査は、三田村直人が現場となった山崎夫妻の家から出てきたところ、あるいはその周辺で三田村直人本人が車で逃走したところを目撃した人間を探し出す。それと並行して、難しいかも知れんが、ゴミ収集所を片っ端から当たって、捨てたという返り血を浴びた衣服を探し出すことに全力を挙げる。この二点に絞って捜査する。何か意見のある者はいるか？」

島田が手を挙げた。

「？――島田……なんだ？」

島田は立ち上がり、

「報告が遅れましたが、昨日、わたしと青木警部補は犯行が行われた一昨日の四時半ごろ、被害者《ガイシャ》の家の玄関から慌てて出て行く若い男を目撃したという、近所に住む増岡晴美という主婦に会ってきたのですが――」

と言うと、

「島田警部補、その件についてはまたの機会にしてくれ」

と、武井が遮った。

「いや、しかし――」

島田が食い下がろうとすると、武井は立ち上がって、捜査員全員に視線を向けて、

「会議は終了する。全員、さっき言った二点に絞って捜査をつづけてくれ。いいな！」

と声を上げた。

ぞくぞくと捜査員たちが会議室から出ていき、島田と青木、そして武井と山口署長の四人が残った。

「武井――課長……」

島田が武井のもとに詰め寄るようにして行くと、

「捜査方針を変えるつもりはない。従えないというのなら、本部に戻ってもらって結

構だ」

と、武井はにべもなく言った。

「ちょっと待ってくれ。いったいどういうつもりだ？」

立ち上がって去ろうとしている武井の前に、島田が立ちふさがるようにして言うと、

「島田警部補と言ったね」

テーブルに肘をついて、軽く両手を合わせている山口署長が口を開いた。

署長の山口は、ほっそりとした顔に縁なしのしゃれたメガネをかけ、黒々とした髪の毛をハードムースで固めた、キザを絵に描いたような容姿をしている。

「？――」

島田が武井から視線を移すと、

「わたしは、捜査主任である武井刑事課長に全幅の信頼を寄せている」

と言った。

「しかし――」

島田が言おうとすると、合わせていた右手を軽く挙げて制止して、

「さっきの課長と同じ言葉を繰り返したくはない」

というなり、立ち上がって会議室をあとにした。

「ま、そういうことだ」

武井はそう言って島田の肩をポンポンと軽く叩いてにやりと笑みを浮かべ、山口署長を追うようにして会議室を出ていった。

（昨夜の態度とこの変わりようは、いったいどういうことなんだ？――やはり、昨夜おれを飲みに誘って遅くまで帰そうとしなかったのは、久保の取調べの様子をおれに見られたくなかったからなのか⁉……）

島田は、憤然と歩き出していた。

「島田さん、どこかへ行くつもりなんですか？」

青木が追ってきて訊いた。

「三田村に会いに行く――」

島田は足早に歩きながら答えた。

「おい、三田村、起きろッ！」

地下一階にある留置場の第二室の鉄格子を摑みながら、島田が鋭く叫んだ。

大井署の留置場は第一室から第八室まであって、他の部屋にはだれもいなかった。

この時間は調書を取り終えた被疑者が東京地検に移送されて、検事による取調べを受けているのだ。

三田村直人は広い第二室の中で、丸めた背中を向け、両手を股に挟んで眠っているようだった。

間もなく四月になろうとしているとはいえ、まだ肌寒い日がつづき、コンクリートの陽が射さない地下室の留置場で布団や毛布なしに眠るのは、さぞやきついだろう。

「聞こえないのか！　三田村、起きろ！」

何度か呼んでいると、ようやく三田村直人は肩をびくっとさせて反応した。

「話を聞きたい。こっちへきてくれッ」

青木は監視台にいる制服警官のほうを向いて、愛想笑いを浮かべている。

何も違法なことをしているわけではないのだが、普通は制服警官に命じて被疑者を留置場から出させて取調室に連れてこさせるのだ。

だが、島田は留置場で三田村直人から直接話を聞き出すつもりだ。

「刑事さん、少し眠らせてくださいよ……」

目を覚ました三田村直人は、顔だけ向けて言った。

目は充血し、その下にはクマができている。髪の毛はボサボサで頬はげっそりして、昨日の夕方に見た三田村直人とは別人のような顔つきになっている。

「夜通し、取調べを受けていたのか？」

島田が訊くと、

「そうっスよ……」

三田村直人は目を閉じては開きを繰り返しながら、あくびをかみ殺して言った。

「おまえ、本当に山崎裕子さんを殺したのか？」

取調室に連れていって訊こうとすれば、久保や武井にも聞かれてしまうことになり、そうすれば彼らは妨害しようとするだろう。

だから、島田は留置場で話を聞こうと考えたのだ。

「だから、それは――」

三田村直人は、言い淀んだ。

「どうなんだ？　正直に言ってみろッ」

島田が言うと、三田村直人は体を起こすと這《は》うようにして近づいてきた。

「あんたも刑事なんだろ？　なんで、今になってそんなこと言うんだ？」

三田村直人は、不審と期待が入り混じった複雑な表情をして訊いた。

「本当のことを知りたいだけだ。どうなんだ？」

「殺《や》ってないっスよ、おれ——本当にあの女を殺してなんかいないっスよ……」

「じゃあ、なんで殺したなんて自供した？」

「だって、あんなにずーっと怒鳴《どな》られて、何度も何度も小突かれたら、もうどうでもよくなるっスよ……」

三田村直人は、涙目になって訴えるように言った。

「だからっておまえ、自供なんかしたら、犯人にされてしまうんだぞ⁉」

「だったら、どうしたらよかったんスかぁ……そんなこと言うんだったら、刑事さん、あんたがあんな取調べ、止めてくれたらよかったじゃないスか……」

よほど辛《つら》かったのだろう。三田村直人は、悔しそうな顔をして目に浮かんでいる涙を袖で拭いながら言った。

やはり、久保は昨日見た以上に激しい取調べをしたことは間違いなさそうだ。

そして、武井が島田を居酒屋に連れて行き、遅くまで帰さなかったのも、取調べの様子を見せまいとしてのことだと島田は確信した。

「じゃ、本当に殺ってないんだな？」

「殺ってないって、何回言えばいいんスか……だから、物証なんか出てくるわけないから、昨夜はどうでもよくなって、あの鬼刑事の言うとおりに供述したんスよ……」

どう見ても三田村直人が嘘を言っているようには島田には思えなかった。

「じゃ、衣服を家の近くのゴミ箱に捨てたというのも嘘なんだな？」

「当たり前っスよ」

「どう思う？」

しゃがんでいる島田は振り返って、立っている青木を見上げるようにして顔で訊いた。

「やってないですね――」

と、青木もまた顔で答えるように、大きく力強く首を縦に振った。

「じゃ、もう一度確認するが、一昨日の三時半ごろ、山崎裕子さんの家に行ったことは認めるが、殺してはいない――そうなんだな？」

島田が三田村直人に向き直って訊くと、

「そのとおりっス」

と、三田村直人は、はっきりと口にした。

「よし、わかった。いいか、今度、また取調べがあったら、本当に殺っていないなら殺っていないと言い張るんだ。いいな？」

島田が言うと、三田村直人は力強く頷いた。

「ところで、三田村、おまえ、この男に見覚えはないか？」

島田が上着の内ポケットから似顔絵を出して見せると、

「——いや、知らないっスね」

と、きょとんとした顔で島田を見た。

「そうか……」

「その男が、どうかしたんスか？」

残念そうにしている島田に、三田村直人が訊いた。

「ン？——ああ、近所の主婦が、山崎裕子さんが殺された日の午後四時半ごろ、この男が山崎さんの家の玄関から慌てて出ていくのを見たというんだ」

島田が言うと、

「四時半スか……」

と、三田村直人も悔しそうな顔になって言った。

「あ、そうだ。おまえ、三時半ごろに山崎さんの家に行って、家を出たのは何時ごろなんだ？」

「一時間もいなかったっスよ。あ、でも、四時は過ぎていたかなぁ……」

三田村直人は、懸命に思い出しているようだった。

「てことは、おまえが帰って、すぐにこの男が山崎裕子さんの家に入ったことになるな――」

島田が考えるような顔をして言うと、

「！――ちょっと待ってください……」

と、三田村直人が何かを思い出したような顔をしている。

「どうした？」

「いや、彼女、ちょっと前から若い男にストーカーされてるって言ってたんスよ」

「ストーカー？」

島田と青木は声を揃えて言った。

「あ、はい。この男かどうか、おれは知らないんスけど、この顔、なんかストーカーっぽくないスか？――で、おれ、警察に言いに行ったほうがいいよって言ったんスけど、気の弱そうな男だから平気よって、彼女、ぜんぜん怖がってなかったんスけどね」

「てことは、彼女は、そのストーカーの男の顔を知っていたんだな？」

「はい。不細工で気の弱そうな顔してるって言ってたっス――あ、だけど、気が弱そうなやつなら、人を殺したりしないっスよね？　はは……」

三田村直人は苦笑いしている。

いや、気が弱いからこそ、逆上すると何をするかわからないということもある。

「山崎裕子さんは、おまえ以外に、ストーカーにあっていることを誰かに言ってないか？」

「さあ？　どうしてスか？」

「そのストーカーとこの男が同一人物かどうか確かめたい」

「わかんないスねえ……彼女、子供いないから近所の奥さんで親しい付き合いしている人いなかったみたいスから——あ、でも、結婚する前に勤めていた会社の同僚だった女の人とはときどき会ってるって言ってたっスよ。その人になら言ってたかもしれないっス」

三田村直人が言うと、

「そうか。わかった。会社の元同僚たちに当たってみよう」

と、島田は言って立ち上がったが、すぐにまたしゃがみ込んで、

「いいか、三田村、何度も言うようだが、殺ってないなら、どんな厳しい取調べを受けても絶対に刑事の言いなりの供述なんかするな。わかったな」

と言って、その場から立ち去った。

島田の携帯電話に青木から耳を疑うような連絡が入ったのは、すっかり眠りについていた午前二時ごろのことだった。

武井刑事課長が、杉並区阿佐谷《あさがや》南二丁目の馬橋稲荷《まばしいなり》神社の境内《けいだい》で、頭から血を流して倒れているのを通りかかった人が見つけ、救急車で病院に搬送されたのだが、意識不明の重体に陥っているというのである。

島田がタクシーで南阿佐ヶ谷総合病院に着くと、集中治療室の前で山口署長と青木、久保と門脇刑事ら大井署の捜査員と杉並署の捜査員と思われる男たちの姿があった。

大きなガラス張りの室内で、ベッドの上で人工呼吸器をつけられ、点滴を両腕にされて眠ったように目をつぶっている武井の姿が見える。

「容体はどうなんだ？」

島田が誰にともなく訊くと、

「なんとか一命は取り留めましたが、脳の損傷が激しいので、意識を取り戻せたとしても言語障害や体のどこかに麻痺《まひ》が残るだろうということです」

と青木が言った。

「なんだって、こんなに目に――」

呟くように島田が言うと、

「島田さん……」

と、久保が近寄ってきて、目で「ちょっと」と言って、みんなから離れるように促《うなが》した。

そして、みんなから七、八メートル離れた場所に行くと、

「課長が発見された馬橋稲荷神社の境内の奥の道を行くと、住宅街の路地に直接出られるようになっているんです。で、その道を午後十一時ごろ、残業で帰りが遅くなった会社員が通ったところ、倒れていた課長を見つけて救急車を呼んでくれたんです」

と言った。

「しかし、武井の家は確か――」

島田が言うと、久保は即座に、

「練馬《ねりま》です」

と答えた。

そうだった。武井とは年賀状のやりとりをするくらいで、お互いの家に遊びに行くような間柄ではなかったから、すぐには思い出せなかったのだ。

「じゃあ、どうして阿佐ヶ谷なんかに?……」

「わかりません。ただ――」

久保は口ごもった。

「ただ、なんだ?」

島田が問い詰めるように言うと、

「はぁ。課長は、実は公にはしていないんですが、五年ほど前に奥様と離婚されておりまして、その別れた奥様が住んでいるのが馬橋稲荷神社の近くなんです」

と、言いづらそうに答えた。

「!?――それじゃあ、武井は別れた奥さんの家に行く途中か帰りの道で、何者かに襲われたのか?……」

「事件なのか事故なのか、それはまだ――頭をぶつけたのは石畳で、足を滑《すべ》らせて転んだものなのか、だれかと揉み合って転んだものなのか、はっきりしません」

久保は慎重な物言いをした。

「奥さんに連絡はしてないのか?」

「はぁ、していいものやら判断がつきかねていまして、まだしておりません。したほうがいいでしょうか?」

そう言われると、島田にもすぐに判断はできなかった。

それにしても、どういうことだろう？——昨夜、あれほどふたりで酒を酌み交わし、いろんな話をしたにも拘わらず、武井は離婚していたことを匂わすこともなかったのである。

「別れた奥さんのところには、ちょくちょく行ってるようだったのか？」

「さあ、それもよくわかりません。あまりプライベートなことはお話しになりませんでしたから——」

「第一発見者は、不審な人間を見ているのか？」

「いえ、誰も見ていないと言っています」

「そうか——なあ、久保くん、武井は今回の事件《ヤマ》に関係あることで、阿佐ヶ谷のほうに行ったという可能性はないのか？」

島田が訊くと、

「いやぁ、それはないと思いますね。もしそうだとしたら、少なくともわたしには伝えていたと思います」

と、久保は言った。

それはそうかもしれない。三田村直人を取り調べていた様子を見ていたとき、武井は久保を信用しているような口ぶりだった。

「島田警部補――」

山口署長が呼んだ。

「なんでしょう？」

島田が山口署長のほうに行くと、

「こちら、杉並署の嵯峨《さが》巡査部長と今川《いまがわ》巡査長だ」

と、近くにいたふたりを紹介した。

嵯峨は四十代、今川は三十代だろう。ふたりとも見覚えのある顔だった。いつだったか忘れたが、捜査をいっしょにしたことがあったはずだ。

「いつぞやは――」

島田が軽く頭を下げると、嵯峨と今川のふたりは緊張した顔をして十五度の角度で頭を下げた。

山口署長は、挨拶を終えるのを待って、

「ウチが今、捜査している事件《ヤマ》は、武井課長に代わって、わたしが捜査の指揮を執る。島田警部補と青木くんには引き続き捜査に当たってもらうが、同時に武井課長の今回の件が、ウチの事件《ヤマ》とまったく無関係なのか、それとも関係があるのか、はたまた単なる事故なのか事件性があるのか——嵯峨巡査部長、今川巡査長と連携して捜査に当たって欲しいんだが、異論はあるか？」

と言った。

「いえ——」

四人とも練習でもしたかのように声を揃えて言った。

「そうか。では、よろしく頼む。それでは、わたしはこれで帰るが、もし万が一なにかあったら、すぐに連絡してくれ」

山口署長がそう言って、少ししてから、

「では、島田さん、みなさん、わたしたちもこれで——」

と、嵯峨が言い、今川とともにその場を後にした。

「久保くん、ちょっといいかな？」

山口署長や杉並署の嵯峨、今川両刑事の姿が完全に見えなくなったのを確認して、今度は島田から声をかけた。

「なんでしょう？」

玄関に向かおうとしている久保とコンビを組んでいる門脇も足を止めた。

「つかぬことを訊くようだが、君たちは、あの三田村直人が本当に山崎裕子さんを殺したと思っているのか？」

島田は、武井の姿が見える集中治療室の前にある長椅子に腰を下ろして、立っている久保と門脇を見上げるようにして訊いた。

「どういうことですか？」

久保が顔色を変えて訊き返した。

「今言ったとおりの意味だ」

島田は冷静に答えた。

「しかし、三田村は自供したんですよ！」

若い門脇が、食ってかかるように言った。

「今の門脇さんの言い方は、犯人だとは思っていないと聞こえますが？」

青木が負けじと前に出て言った。

「なに⁉」

門脇と青木が睨み合う格好になった。

「武井課長がこうなったから言うわけじゃないが、君たちは課長になんとしてでも三田村に吐かせろと言われていたんじゃないのか？」

島田は門脇、そして久保へと視線を移しながら訊いた。

だが、久保も門脇も何も言おうとはしない。

島田は大きく深呼吸して、

「今日、わたしと青木くんは留置場に行って直接、三田村直人に問い質《ただ》したんだ。そうしたら、彼は山崎裕子さんを殺していないと断言した。夜通し怒鳴られ小突かれているうちに、どうでもよくなって自供したと言った。わたしと青木くんは、彼が嘘を言っているとは思えなかった——今、取調べの仕方がどうのと言うつもりはない。だから、どうなんだい？　君たちは、今でも三田村直人が、山崎裕子さんを殺したと本当に思っているのか？　正直に答えてくれないか？」

と諭すように言うと、

「正直なところ半々です。あとは、物証が出れば起訴できる。そう思っていました。武井課長は、確かに早いところケリをつけろと言いました。多少、荒っぽい取調べは止むを得ない。一刻も早くゲロさせろと——」

と、久保は苦しげに顔を歪めて答えた。

「やはり、そうだったか……わたしたちが、三田村が犯人《ホシ》じゃないんじゃないかと思っている理由は、もうひとつある。これを見てくれ——」

島田は持ち歩いている似顔絵を、上着の内ポケットから取り出して見せた。

「山崎裕子さんが殺された日の午後四時半ごろ、山崎さんの家の玄関から若い男が慌てて出ていくのを見たと言った近所の主婦、増岡晴美さんの証言をもとに、鑑識課員に作ってもらった似顔絵だ」

　じっと見つめている門脇が、

「課長にはこれを見せたんですか？」

　と訊いた。

「もちろんです。しかし、武井課長は取りあってくれませんでした」

　青木が答えた。

「どうしてなんですかね？」

　今度は久保が訊いた。

「わからんが、三田村直人が前科《マエ》持ちだったことから、犯人《ホシ》だと決めてかかっていたふしがある。わたしは武井と同期だが、これまで一緒に捜査したことがない。どうなんだろ？　彼のやり方は、だいたいにおいてそういう傾向があったのかな？」

　島田が訊くと、

「逆です。むしろ、我々の方がいらいらするほど慎重でした」

　と門脇が答えると、久保も同感だと言わんばかりに頷いた。

だが、今回に限って、武井がやけに事を急いだのは、島田に言っていたように今度の人事異動で警察庁にいくことになる山口署長への餞《はなむけ》のためなのか？

いや、そんなことくらいで、誤認逮捕にもなりかねないことを刑事課長たる人間が率先してやるはずがない。

では、いったい何が武井をそうさせたのだろう？……。

「わたしたちは、この似顔絵を三田村直人にも見せてみた。すると、三田村は、この似顔絵の男かどうかわからないが、殺された山崎裕子さんは、若い男からストーカーにあっていると言っていた、と証言した」

「なんですって⁉」

門脇が驚きの声を上げた。

「その裏は取れているんですか？」

久保が訊いた。

「残念ながら、まだだ」

昼間、島田と青木は、山崎裕子が勤めていた会社の元同僚を訪ねて話を聞いたのだが、ストーカーにあっているという話は聞いたことがないということだった。

「いずれにしろ、わたしたちは、この似顔絵の男も山崎裕子さん殺しになんらかの形でかかわっていると見て、身元と行方を捜すつもりだ。それから、武井の別れた奥さんのところには、今日にでも、わたしが直接行って伝えてこようと思う」

島田が言うと、

「わかりました。よろしくお願いします」

と、久保と門脇は頭を下げた。


南阿佐ヶ谷総合病院から自宅がある調布《ちょうふ》の家に帰らず、大井署の仮眠室で朝を迎えた島田は、八時半ちょうどに署にやってきた青木とともに捜査車両に乗って阿佐ヶ谷の武井の元妻が住むマンションに向かった。

「⁉——武井が意識不明の重体⁉……」

リビングに通され、ソファに座った島田と青木の前にあるテーブルにお茶を差し出した武井の元妻、伸子《のぶこ》は目を見開いて驚いた。

島田は、武井と伸子の結婚式に出席しているのだが、目の前の伸子は今日はじめて会った人のように覚えがなかった。

伸子にしても、武井と自分が同期で、お互いの結婚式に出席したのだと言っても思い出せないようで、曖昧な笑みを浮かべて迎えただけである。

「ええ、昨夜十一時ごろ、この先にある馬橋稲荷神社の境内の石畳に頭を強く打って倒れていたところを、通りかかった人が見つけて救急車を呼んでくれたので、なんとか一命は取り留めました。しかし、医者の話では意識が戻ったとしても、脳の損傷が激しいために、言語障害や体のどこかに麻痺が残るだろうということです」

仲子は顔を青白くさせて黙って聞いている。

「傷の具合から見て、頭を打ったのは、昨夜の午後十時ごろと思われます。しかし、武井が石畳に頭を打ったのは、単なる事故なのか、それともだれかに襲われでもしてそうなった事件なのか、まだわかっていません。そして、さらに不可解だったのは、武井の家は練馬なのに、どうして彼は、ここからすぐそこの馬橋稲荷神社にいたのかということでした。ところが、武井が五年前に離婚して、元奥さんのあなたが馬橋稲荷神社のすぐそばに住んでいることがわかり、今日こうしてお邪魔した次第です――はっきり、うかがいます。武井は昨夜、こちらにきたのではないですか?」

島田が訊くと、仲子は目を泳がせて俯《うつむ》いた。

「奥さん――あ、いや、内田《うちだ》仲子さんでしたね、どうして答えてくれないんですか?」

島田は不思議な気がした。来たのなら来たでいいではないか。知りたいのは、その後どうして武井があんな目にあったのかということに繋がる、なんらかの糸口が見つかればいいと思っているだけなのである。

どうしたものかと青木と顔を見合わせていると、

「光一《こういち》が昨夜から帰ってこないんです……」

伸子がぽつりと言った。

顔を上げず、膝の上で包むように合わせている手が、ぶるぶると震えている。

「あの……やっぱり、光一は——あの事件に関わっているんでしょうか？……」

伸子はそう言うと、すがるような目をして島田と青木を見つめた。

迂闊《うかつ》だった。島田は、武井に二十代半ばになる息子がいたことをすっかり忘れていたのだった。

「もしかして、武井は息子さんの光一君に会うために、昨夜、こちらへきたんですか？」

島田が訊くと、伸子は決心したように、ゆっくりと大きく頷いた。

「昨夜の九時ごろ、何の前触れもなく突然やってきて、物凄い剣幕で光一を出せと叫んで——」

だが、光一は家にいるときはいつも部屋に引きこもっていて内側から鍵をかけ、伸子がいくら呼んでも自分から出てくることはないのだという。

外出するときはするときで、必ずドアの外から鍵をかけ、決して部屋の中を見せないのだと仲子は言った。

「業を煮やしたあの人は、光一の部屋のドアに体当たりして無理やり入っていって……」

「それで？――」

島田が先を促すと、仲子は立ち上がって、

「光一の部屋を見てください……」

と蒼白な顔をして言った。

光一の部屋は、玄関から廊下を上がってすぐ右手にある。

「どうぞ――」

仲子は部屋のドアノブを回した。

武井が来たときに、外鍵も壊してしまったのだろう、簡単にドアは開いた。

「！――これは……」

光一の部屋に入った島田と青木は、愕然とした。

無理もない。部屋じゅうの壁という壁に、殺された山崎裕子の写真が所狭しと張られていたのである。

　全身を写したものやバストショット、口元、目元、胸元にズームしたものなど、ありとあらゆる角度から撮影された写真が張られている。

（山崎裕子をストーカーしていた若い男というのは、武井の息子だったのか……）

　島田が茫然とそれらの写真を見ていると、

「この方ですよね、大井署管内で殺された女性って……」

　伸子が震えた声で言った。

「――伸子さん、光一君の写真、ありますか？」

　島田がかすれた声で言うと、

「え？」

　と、伸子は小さな声で訊き返した。

「これを見てください――」

　島田は上着の内ポケットから似顔絵を取り出して見せた。

「これは？……」

　伸子は驚いた顔をして、手を口に当てながら、島田を見つめている。

「光一君に、似ていますか？」

島田は心を鬼にして訊いた。

「――はい。あの子です……」

伸子は観念したようにそう答えると、へなへなとその場に膝から崩れ落ちた。

「大丈夫ですか？　しっかりしてください――」

島田がしゃがみこんで言った。

「すみません……」

伸子は消え入りそうな声を出して言った。

「武井が来たときのことを、もう少し詳しく教えてください」

「はい……武井もこれらの写真を見て、愕然としていました。そしてすぐに光一の腕を摑んで、有無を言わさず外に連れ出していったんです。それから何があったのかはわかりません。ただ――」

「それっきり光一君は帰ってこなかったんですね？」

「ええ。心配になって携帯電話に電話しても留守番電話になっていて……島田さん、あの人に怪我を負わせたのも光一なんでしょうか？　それにこの女性を殺したのも――」

伸子は耐えられないと言わんばかりに口に手を当てて、頭を横に振っている。

「とにかく光一君に話を聞いてみないことには、なんとも言えません。伸子さん、光一君の携帯電話の番号を教えてください」

おそらく、武井の息子の光一の携帯電話にはGPS機能がついているだろう。ならば、光一が、どこにいるか探し出すことができる。

今になって、ようやく武井の不可解な言動のすべてが氷解した。

武井が久保に三田村直人から強引に自供を引き出すように命じたり、似顔絵を無視して捜査しようとしたのも、息子である光一に捜査の手が伸びることを怖れたからだったのだ。

しかし、武井は息子の光一が事件に関わっていることを、本気で隠蔽《いんぺい》しようとしたのだろうか？

いや、そうではない。そうではないと思いたい。武井は光一に会って直《じか》に確かめたかっただけなのだ。そのために時間を稼ごうとしただけに違いない……。

光一は、新宿歌舞伎町のネットカフェの一室で、自分がしでかしたことの数々を思い起こし、後悔の念とこれからどうなるのかという不安に慄《おのの》いていた。

（なんでだよッ……なんで、こんなことになっちまったんだよ……）

光一は自分の髪の毛をむしり取らんばかりに鷲掴みにしながら、心の中で何度も同じ言葉を叫んでいた。

昨夜の十時ごろ、しんと静まり返った馬橋稲荷神社の薄暗がりの境内で、光一は武井と睨み合っていた。

『どういうことなのか説明しろ、光一！』

怒りと不安で握り拳を震わせながら、武井は詰め寄った。

『説明しろって、何をだよ――』

光一は不貞腐《ふてくさ》れた顔をして言った。

『何をって――おまえ、あの写真はどうしたんだ⁉　何だって殺された山崎裕子さんの写真をあんなに持っているんだ⁉』

『そんなこと、あんたに関係ないだろ……』

光一が言うと、

『関係ないだと？　父さんは刑事なんだぞ、関係ないわけがないだろ！』

武井は、自分よりかなり背が高い光一の胸ぐらを掴み上げた。

光一は、なすがままにされている。

『どうなんだ、光一、おまえが殺《や》ったのか？　違うよな？　殺人なんかしてないよな？　そうだよな？　光一……』

最後は頼み込むような、弱々しい物言いになっていた。

『ふん、ざまーねえな……』

胸ぐらを摑まれながらも、光一は武井を見下して言った。

『なんだと⁉』

『そりゃ刑事課長さんの息子が殺人犯じゃ困るよなあ？　クックックック……困るどころじゃねぇか、もうあんたはお終《しま》いかぁ』

武井の弱り果てている姿を見ていると、無性に愉快な気分になってきた。

『おい、光一、おまえ、何を言ってるんだ⁉』

『心配いらねぇよ。捕まりゃしねえからさ。じゃあな――』

光一は胸ぐらを摑んでいる武井の手を振りほどくと、来た道を帰ろうとした。

すると、武井は、

『待て、待つんだ、光一！』

と、追いすがって、再び胸ぐらを摑もうとした。

そんな武井の腕を振り払って、

『うるせぇんだよ！』

と、光一が突き飛ばすと、武井は体のバランスを崩して足を滑らせ、両足を宙に浮かせたまま、後ろ向きの格好で石畳に頭から倒れ込んだ。

『うっ……』

武井は、小さく呻き声を発して動かなくなった。

『おい、大丈夫かよ』

仰向けに倒れたまま動かなくなった武井に、光一は面倒くさそうに声をかけながら近づいていった。

『いつまでふざけてるんだよ……』

しゃがみ込むようにして見ると、石畳の上にじわっと赤黒い血が広がりはじめていた。

『おい、親父ッ……おいッ！——』

光一が武井の両肩に手を置いて揺すっても、武井はぐったりしたまま目を剝《む》き、口を開けて無反応だった。

『うわっ……』

光一は小さく叫ぶと、そのまま這うようにしてその場から立ち去っていった。

山崎裕子を殺したのは、自分ではない。にも拘わらず、父親の武井に自分が殺したと言ったのは、単に困らせてやりたいからだった。

光一は父親であり、刑事である武井をずっと憎んでいた。

いや、幼いころは大好きだった。父親が刑事であることをかっこいいと思い、誇りにさえ思っていたものだ。

だが、中学・高校と進学していくにつれ、光一は刑事の息子だということに息苦しさを覚えるようになっていった。

一方、武井は武井で、息子の光一が成長するにつれて将来は警察官になることを望み、キャリアになってくれることを強く期待するようになっていった。

警察官を長くやればやるほど、武井はキャリアとの待遇格差をイヤというほど味わい、ノンキャリアの悲哀を感じるようになっていたのである。

だが、大学受験に失敗した光一は警察官になることはもちろん、大学進学も、さらには働くことにさえ意味を見つけられなくなり、自分の部屋の中に引きこもるようになった。

そんな光一を武井は許さなかった。そして毎日、取っ組み合いの親子喧嘩がつづくようになり、それは日に日にエスカレートしていった。

このままでは、近いうちにどちらかが大怪我をする事態がきっと起こると思った仲子は、武井と離婚して光一を連れて家を出る道を選んだのである。

母親の伸子とふたり暮らしになると、光一もさすがに部屋に引きこもってばかりでは生活が成り立たないと思うようになり、派遣会社に登録して日給をもらえる仕事をするようになった。

そして一年ほど前、光一は飲料水の宅配をする仕事に就いたとき、顧客先の山崎裕子と出会い一目惚れしてしまったのである。

二十四歳で童貞だった光一にとって、山崎裕子の美貌と人妻としての色気は、光一に簡単に常軌を逸した行動を取らせるほどのものだった。

光一は伸子に金の無心をして、中古車と高画質のデジタルカメラを買い、山崎裕子に密かに近寄っては、その姿を写真に収めるようになった。

ファインダー越しに切り取られた山崎裕子の肢体は、あたかも自分だけのもののような錯覚に陥らせ、シャッターを押す瞬間はまるで、ハンターが獲物を射止めたときのような快感に溺れさせるのだった。

自分がしていることはストーカー行為であり、異常だという認識はあったが、光一はその欲望を抑えることはできなくなっていた。

それどころかストーキング行為は次第にエスカレートしていき、ついには秋葉原《あきはばら》の路地裏の電気店で盗聴機器を一式買いそろえ、飲料水の宅配をする仕事を辞めたにも拘わらず、ウォーターサーバーのメンテナンスをするといって家に上がり込み、山崎裕子の目を盗んでリビングと寝室に仕掛けたのである。

二百メートル圏内ならば、どこにいても山崎裕子の生活の一部始終を自分ひとりが独占できるその快感は、まさに得も言われぬ蜜の味だった。

洗濯物を畳みながらの鼻歌。女友達との楽しそうなおしゃべり。かすかに聞こえるトイレの水を流す音。中でも、特に光一を興奮させたのは、夜の寝室で夫が山崎裕子の体を求め、それを拒否しながらも次第に荒い息遣いをして受け入れていく様子だった——。

体の芯に電気が走るような激しい興奮と狂おしいほどの嫉妬に、光一は暗い車内で身をよじり、幾度も射精したものだ。

だが、そんな淫靡な色欲に耽溺《たんでき》する日々は、突然、終わりを告げた。

一昨日の午後四時過ぎ、光一が山崎裕子の家の近くにやってきて車を止めて盗聴をはじめると、突然、リビングから山崎裕子の激しい悲鳴が耳に飛び込んできたのである。

光一はイヤな予感に胸が締め付けられ、すぐにでも家の中に飛び込んで行きたいのを必死に堪え、イヤホンに神経を集中させた。

犯人と出くわして、とばっちりを受け、自分もどんな目にあうかわかったものではないからだ。

今はとにかく山崎裕子の家の中に、彼女以外だれもいなくなったのを確認してから入り、仕掛けた盗聴器を取り戻さなければならない。

やがて、何者かがリビングから去っていく足音が聞こえ、室内が静かになった。

光一は止めていた車から降りて山崎裕子の家に近づき、辺りに人がいないか確かめると、玄関に回って素早くドアを開けて家に入った。

リビングに足を踏み入れた光一は、目を見張った。

山崎裕子がこれ以上は開きようがないというほどカッと目を見開き、血まみれになって床に倒れたまま、ぴくりとも動かないでいたのだ。

だが、救急車も、むろん警察も呼ぶわけにはいかない。自分が仕掛けた盗聴器を取り戻し、一刻も早くここから逃げ出さなければならない。

警察のことだ。事件が発覚すれば、ありとあらゆる角度から捜査し、盗聴器があればそこから自分にたどり着くことは不可能なことではないはずなのだ。

いや、必ずたどり着くだろう。そうなれば、自分がしていた行為が明るみに出てしまう。

警察官の息子である自分の恥ずべき行為。それが知られてしまうことは断じて阻止しなければならない——。

（彼女を殺した犯人は、あいつだ。あの時間、家にいたあいつに間違いない。だが、どうすればいいんだ……これからどうすれば——）

光一が頭を抱えていると、突然、背後の仕切りが開いた。

「武井光一君だね？」

驚いて振り返ると、そこには島田と青木が警察手帳をかざして立っていた。

「父親にあんな重傷を負わせた武井光一だが、結局、過失傷害罪で送検されたけれど不起訴処分になったよ」

武井光一を探し出した一週間後、島田は久しぶりに古賀と馴染みの居酒屋で酒を酌み交わしていた。

光一の盗聴や盗撮に関しては、日本にはそれを問える法律はなく、処罰されることはないのである。

「そうですか。それはよかった」

古賀はしみじみと言った。

山崎裕子殺害の犯人は、夫の山崎剛史だった。山崎剛史は一年ほど前から妻の裕子が夜の営みを拒《こば》みはじめたことから、だれかと浮気をしているのではないかと疑い、その相手はいったい誰なのか必ず明かしてやろうと思っていたのである。

一方、妻の裕子は三田村直人との浮気が夫の山崎剛史に気づかれはじめていることを感じていたため、しばらくの間はホストクラブ通いをやめ、三田村直人との関係も終わらせようとしていた。

そんな状況で事件が起きたのだが、あの日は悪い偶然がいくつも重なったのだった。

まず、店に顔を見せなくなり、携帯電話にも出なくなった裕子に関係を切られまいと思った三田村直人が、まさか自宅に押しかけてくるとは、山崎裕子は思ってもいなかった。

そこへ商談のために必要な書類を忘れた夫の山崎剛史が家に戻ってきた。すると、家の中で妻の裕子と浮気相手の三田村直人が言い争いをしていたのだ。

山崎剛史は、とっさに表玄関から裏口へまわり、ふたりの言い合いを聞いているうちに、めらめらと殺意が湧いてきた。

知性や教養、社会的地位もなく、ただ若くて容姿がいいだけのホストに多額の金を使って体を抱かれる一方、その金を稼いでいる夫の自分が体を求めれば拒否をする妻——山崎剛史にしてみれば、裕子は一瞬にして充分に殺すに値する女になってしまったのである。

そして、三田村直人が家から帰ったのを見計らい、山崎剛史は台所にあった包丁を持ってリビングにいた裕子の前に現れた。

山崎裕子は悲鳴を上げた。

が、夫の山崎剛史は、逃げ惑う裕子の腹部を包丁で突き刺した。

『許して——』

山崎裕子は弱々しい声で懇願《こんがん》した。

しかし、山崎剛史は、

『許さないッ……』

と、低くつぶやき、今度は胸を突いた。

『助けて……』

山崎裕子は虫の息で言った。

『死ね——』

山崎剛史は、再び腹部を突き刺した。

山崎裕子は、ぐったりと床に倒れた。

そこにさらに山崎剛史は、止《とど》めとばかりに最後にまた胸に包丁を突き立てたのだった。

「その様子を一部始終盗聴していて、それをまさかすべて録音していたとはね」

古賀は、呆れたような感心しているような、複雑な顔をして言った。

武井光一は盗聴した内容をすべて録音し、それを家に持ち帰って山崎裕子の写真に囲まれ再生して聞きながら妄想を膨らませていたのである。

「ああ、驚いたよ。しかし、それがあったおかげで、夫の山崎剛史が犯人《ホシ》だということがわかったんだからな——」

事件があった当日も盗聴した内容は自動的に録音されていて、その中にあった呟くような男の声が、以前に事情聴取したときの山崎剛史のものだということに島田と青木が気づき追及したところ、観念した山崎剛史が犯行を認めたのである。

むろん、事件のあった日の午後三時から五時の間は、会社で仕事をしていたというアリバイは社員たちに強要したものだった。

事件は解決したが、大井署刑事課長の息子である光一がかかわっていたことは、厳重な緘口令《かんこう》が敷かれ、外には一切漏れることはなく、大井署の山口署長は無事に警察庁に異動になることが正式に決まった。

しかし、今回のことで、武井の出世の道は完全に断たれることになるだろう。

「それにしても、警察官になると言っている息子を持つわたしには今回の事件、いろいろ考えさせられます」

古賀が島田のコップに焼酎を注いでやりながら言った。

「まあ、おまえさんも息子の孝之《たかゆき》くんには、あまり期待をかけないことだな」

「かけたくてもかけようがありませんから、その点は大丈夫です」

古賀は苦笑いを浮かべてそう言うと、急に心配そうな顔になって、

「ところで、武井刑事課長の意識は、まだ戻らないんですか？」

と訊いた。

島田は、古賀が注いでくれた焼酎の入ったコップにお湯を注ぎながら、

「ああ、まだらしい――だが、別れた奥さんと息子の光一君は、つきっきりで看病しているようだ」

と答えた。

「そうですか」

「ああ――」

島田と古賀はそれだけ言うと、どちらからともなく焼酎のお湯割りが入ったコップをかかげて軽く当て、小さくチンと音を立てたのだった。

最終章　告　白

そこだけぽっかりと時代から取り残されたような、レトロな雰囲気《ふんいき》の飲食店が軒《のき》を連ねる通りにやってきた島田と青木は、どちらからともなく足を止めて、眼前に広がっている光景を眺《なが》めた。

「まるで映画のセットみたいですね」

夕日が沈んだばかりの薄暮の中で、それぞれの店の看板の灯がぼんやりと浮かんでいるのを見ながら、青木が言った。

「そうだな——」

こうした光景を懐かしいと思うたびに、島田は青春を過ごした昭和という時代がはるか遠くになったように思う。

中野区中野六丁目——殺人事件の現場となった公園から二百メートルほど離れた場所である。

五十八歳の松原謙作《まつばらけんさく》という不動産仲介業を営む男が死体となって発見されたのは、昨夜の零時過ぎだった。

発見したのは二十代前半のカップルで、遊び終えてマンションに帰ろうとして近道になる小さな公園を横切ろうとしたとき、ベンチのそばに男が頭から血を流して倒れていた。近くに落ちていた財布の中に収まっていた運転免許証から身元が判明した。一一〇番通報を受けて臨場した機動捜査隊の報告によると、死因は公園の植え込みにあったコンクリートブロックで側頭部を殴打されたことによる頭蓋骨《ずがいこつ》陥没骨折。

死亡推定時刻は、昨夜の十時から発見された零時ごろと思われるが、日が落ちたたん人通りがぱったりと途絶える場所ということもあって、犯行が行われた時間に言い争う声や人の姿を見たという目撃者は今のところ現れていない。また凶器となったコンクリートブロックは、濡れた土が付着していたことから指紋の採取はできなかった。

被害者の松原謙作は、不動産仲介業といっても大金を動かす商売をしているわけではなく、駅前に小さな店を構えて、四十代の主婦のパート従業員ひとりを雇っている、いわゆる町の不動産屋である。

妻とは八年前に死別していて、結婚して家庭を持っている息子がひとりいるが、仕事の都合で札幌《さっぽろ》に住んでおり、現場から歩いて十五分ほどの中野四丁目の一軒家で独り暮らしをしていた。

店で働くパート従業員や自宅周辺の人たちの評判は悪いものではなく、人から恨《うら》まれるような人間ではないということである。

遺体のそばに落ちていた財布の中に現金がまったくなかったことも考え合わせると、流しの強盗に遭ったという可能性が高いように思われた。

ともあれ、島田と青木は、昨夜の松原謙作の行動を追ってみることにし、店に雇われていたパート従業員から、松原謙作は店仕舞いすると、毎晩といっていいほど中野六丁目の飲み屋街に行って、何軒かはしごするという話を聞きつけてやってきたのである。

「いらっしゃい」

赤ちょうちんが下がり、古びた紺色に白字で「焼き鳥」と書かれたのれんをくぐって店の中に入ると、六十歳過ぎの恰幅《かっぷく》がよく、短い白髪頭の主が威勢のいい声で出迎えた。

「すみません、ちょっといいですか？」

島田が警察手帳を見せて言い、つづいて青木も警察手帳をかざした。

店内にはまだお客さんはおらず、焼き台にも焼き鳥は載せられていない。

「ゆんべの松原さんの事件のことかい？」

店の主は、にわかに顔をしかめた。

「ええ。松原謙作さん、昨夜はこちらへは？」

島田が訊くと、

「ああ、来たよ。二日にいっぺんは必ず、顔を出してくれるからね」

と、店の主は答えた。

「二日にいっぺん、ですか？」

青木が口を挟んだ。

「うん。ここの通りには飲食店が七軒あって、所有者はそれぞれ別だが、一括して管理しているのが松原不動産だからね。気分は大家さんなんだろうな。なにかといっちゃあ、顔を見せにくるんだ。しかし、毎晩、顔を見せに七軒も回るわけにもいかなくてさ、一日おきに飛び飛びに回ってるってわけさ」

「こちらには何時頃、見えましたか？」

島田が訊いた。

「そうさなあ、七時半ごろだったかな――いつもどおり、好物のネギマとカワ一本ずつとビール一本頼んで、隣の隣の店の〝よっちゃん〟に定食を食べに行ったよ」

「最近、松原さんになにか変わった様子はなかったですか？」

青木が訊いた。

「さあなぁ、ないと思うがねえ」

「亡くなった松原さん、誰かに恨まれているようなことはなかったですか？」

島田が訊くと、店の主は眉間《みけん》に皺《しわ》を寄せて、

「そんな話、あるのかい？」

と逆に、興味津々といった顔つきで訊き返してきた。

「いえ、そうした話がないので、昨夜の事件は単なる行きずりの強盗の線が強いかもしれないのですが、まだそう決めつけるのは早いと思っているもので、こうしていろんな方にお訊きしているんです」

島田が慎重に言葉を選んで答えると、

「なるほどね。ま、確かにちょっと口うるさいところはあったけど、誰かに恨まれるような人じゃなかったな。ただ――」

と、そこまで言って、店の主は勿体《もったい》ぶって口を閉じた。

「なんです？」

島田が促《うなが》すと、店の主は厨房《ちゅうぼう》から身を乗り出して、

「ほら、さっき、松原さん、大家気分でここの通りの店を毎晩、飛び飛びに見て回っ

てるって言ったろ？　だけどさ、この一角には店が七軒あるわけよ。つまり、一軒余ってしまう計算になるんだが、松原さん、一軒だけ毎晩欠かさず顔を出す店があるのよ」

と、意味深な顔をして言った。

「なんていう店ですか？……」

島田が訊くと、

「この通りの端っこの〝花のれん〟て店なんだけどね。三年前に松原不動産を通して居抜きで借りて始めた小料理屋なんだが、そこの女将《おかみ》が、これがなかなかいい女でさ。松原さんにしつこく言い寄られて困ってたらしい」

と、店の主は下卑《げび》た笑いを見せて言った。

「困っていた？　そこの女将さんがですか？」

島田が訊き直すと、店の主は慌てて、

「あ、いや、もちろん、そこの女将から直接聞いたわけじゃないよ。よくウチに来てくれる常連さんの何人かが、そう言ってたの聞いたもんだからさ。あ、だから今のこと、おれが言ったってことは……」

と頭を掻いて言った。

「もちろん、ご主人から聞いたなどということは他言しませんから、ご心配いりません。貴重な情報をありがとうございました。また寄らせてもらうかもしれませんが、そのときはまたご協力をお願いします」

焼き鳥屋をあとにした島田と青木は、昨夜、松原謙作が焼き鳥屋のあとに行ったはずだという〝よっちゃん〟という定食屋に向かうことにした。

焼き鳥屋と〝よっちゃん〟の間には、今や見ることも耳にすることも珍しくなった『純喫茶』という文字の下に『ローズ』と書かれた看板の喫茶店がある。

その前を通って、広いガラス戸越しに懐かしい店内が見える〝よっちゃん〟のドアを開けて入ると、

「いらっしゃいませ」

と、ふくよかな体に白いかっぽう着を着た、やけに背の高い女将さんが迎えてくれた。

店内には学生風のお客さんが三人ほどいて、映りの悪いテレビを見ながら定食を口に運んでいる。

「すみません、ちょっといいですか?」

島田と青木が警察手帳を見せると、女将さんは顔の肉に埋まっているような小さな

目をまん丸くして、

「あンた、ちょっとあンた——」

と、おろおろしながら厨房のほうへ声をかけた。

「なんだよ、うるせぇなあ……」

いくら洗っても落とせずに残ったシミがいくつもついた、白い年季の入った前掛けで手を拭きながら、痩せた背の低いこの店の主人と思われる五十がらみの男がすぐに姿を見せた。

女将さんが並ぶと、すべてが対照的なその姿が妙におかしい。よく言う、ノミの夫婦とはこういう夫婦のことを言うのだろう。

「お忙しいところ、すみません——」

島田と青木が再び警察手帳を見せると、店の主人は、一瞬ぎょっとした顔になって、

「なんでしょう？——あ、もしかして、昨夜の松原さんのことで……」

と神妙な口調で言った。

「ええ、昨夜、こちらにいらしたようだとうかがったんですが？」

島田が言うと、

「はぁ、まあ——なぁ？」

と、店の主人は、隣にいる妻を見上げるようにして同意を求めた。

妻は大きな体を縮《ちぢ》こまらせながら、泣きそうな顔を作って小さく頷いた。

「お見えになったのは、何時ごろだったんでしょう？」

青木が訊いた。

「八時半ぐらいかなぁ。サバの味噌煮定食を食べながら、ちょろっと話をしたぐらいで、食べ終わったらさっさと次の店に行ったよなあ？」

店の主人は、再び妻に同意を求めると、主人の妻は恐々と首を縦に振った。

「次の店というと？」

島田が訊くと、

「ウチの次は、マル源《げん》さんですよ。寿司清《せい》さんの隣の——その順番が決まりみたいなものですから」

と、店の主人が答えた。

「なんでも最後は、いつも〝花のれん〟という小料理屋に行くんだそうですね？」

島田が何気なさを装って訊くと、店の主人は一瞬、にやっと笑みを浮かべて、

「え、ええ——なんだい、知ってらっしゃるんで？」

と、意味ありげに答えた。

するとと突然、さっきまで静かにしていた妻のほうが、

「まったく、あんな店のどこがいいんだか、あたしにゃ、さっぱりわかりませんけどね」

と割って入って、きつい口調で言った。

「女将さんが、なかなかの美人だとか？」

島田が店の主人に水を向けると、

「ええ、それがね――」

と言うと、はっと我に返ったように、

「いやぁ、おれには、どこがいい女なんだかわからねぇけど……」

と、隣にいる妻を意識して否定した。

すると妻は、

「なに言ってんのさ。あんただって、あたしに隠れて鼻の下長ーくして通いつめてたことあったじゃないのよッ」

と、店の主人のほっぺたをつねりはじめた。

「いててっ……おい、刑事さんたちの前でやめねぇか――いてて……離せよ、おい

……」

店の主人は、体を宙に浮かせるようにして声を上げている。

島田は心の中で苦笑しながら、

「お忙しいところ、ありがとうございました。では、わたしたちはこれで——」

と、軽く一礼して、青木とともに店をあとにした。

一歩外に出ると、通りはすっかり暗くなっていた。

島田と青木は、定食屋の主人と妻の言い合っている声を聞きながら、隣の店の寿司清を通り越して、『源』という文字を○で囲んだ看板の居酒屋の戸を開けた。

「いらっしゃいませ……」

カウンターのイスに座っていた、どっちも茶髪にしている若い男と女が面倒くさそうに立ち上がって、やる気のない声で迎えた。

店内は狭く、入ってすぐの場所から室内すべてが見渡せる作りになっていて、客はひとりもいない。

「ちょっとお話をうかがいたいんですが——」

島田と青木が警察手帳を見せると、店の若い男女は顔を強張《こわば》らせた。

「昨夜、ここから二百メートルほど離れた公園で、松原謙作さんという人が何者かに殺されたことはご存知ですか？」

青木が訊いた。相手が若いときは、歳の近いほうが聞き込みをするのが基本なのである。

「あ、はあ。テレビのニュースで……」

若い男が答えた。

「殺された松原さん、昨夜、こちらに顔を出していると聞いたのですが、何時ごろだったんでしょうか？」

青木が訊くと、

「九時過ぎっすよ。けど、サワー一杯だけ飲んで、三十分もしないですぐ出ていきましたよ。なあ？」

と、男が女に同意を求めると、女は無言で頷いた。

「このお店は、あなた方ふたりでやっているんですか？」

島田が口を開いた。

「はあ。オヤジとおふくろがやってたんすけど、オヤジが三ヵ月前に脳卒中で倒れて、おふくろはオヤジにつきっきりで——それでおれとこいつがやることになって……」

ヒマなのは、そのせいなのだろうと島田は思った。この若い男女は、見た目ですぐに素人《しろうと》だと判断がついてしまう。

場所がら、この店は馴染み客でなんとかやっていたのだろうから、いきなりこんな若い息子夫婦が店をはじめても、客はこれまでのように喜んではこないだろう。

「松原さんが昨夜、こちらへきたときの様子はどうでしたか？　何か変わった感じはなかったですか？」

島田が訊くと、

「いつもどおりでしたよ――家賃はちゃんと払ってもらわないと困るとかなんとか、うるせえったらありゃしねえ……」

と、思わず本音を漏らしてしまった息子は、しまったという顔をして、

「あ、少し遅れたことはあったけど、ちゃんと家賃は払ってんすよ。だから、そういうことで、あのおっさんと揉めてるとか、そんなことないっすから――」

と慌てて言った。

が、島田はすかさず、

「これは念のためにお訊きするのですが、昨夜の十時から十二時、おふたりはどうしていました？」

と訊いた。

「どうしてたかって……十時じゃまだ店閉める時間じゃないし、ここにいましたよ。なあ？」

息子が女に同意を求めると、女は黙って頷いた。

「十二時まで、このお店にいたんですか？」

青木が追及すると、

「そうっすよ。なあ？」

息子がまた同意を女に求めた。女は黙って頷いた。

「その時間、お客さんはいましたか？」

島田が訊くと、息子と女は口をつぐんだ。

つまり、アリバイがあるかどうかということである。

「どうしました？」

青木が促すと、

「客はいなかったよ。だから、十時くらいからこいつとここで飲みはじめて……」

と、ばつが悪そうに答えた。

「店を閉めたのは、何時ごろですか？」

「何時だったかな？　おまえ、覚えてるか？」

　息子が女に訊くと、

「さあ……」

　と、女は首をかしげた。

　すると息子が、また慌てて、

「十二時は過ぎてたよ。うん。あ、そうだ。隣のスナックのママに訊いてみてくれよ。そうすりゃあ——」

　と必死になって言うのを島田は遮《さえぎ》るようにして、

「わかりました。ところで、松原さんは、毎晩のようにこの先にある〝花のれん〟という小料理屋にも顔を出していたそうですが、ご存知でしたか？」

　と訊くと、

「あ、いやぁ、そうなんすか？」

　と息子が答えた。

　両親の代わりに店をやりだしてまだ三ヵ月のこの息子たちは、被害者の松原謙作やそれに周囲の人たちともそれほど親しい間柄ではないようだ。

　これ以上、聴取をしても新しい事実を得ることはないと判断した島田は、

「お時間を取らせて申し訳ありませんでした。では、わたしたちはこれで失礼します」

と、一礼して居酒屋をあとにした。

マル源を出ると、青木が隣の店のスナック『来夢来人《らいむらいと》』の前で足を止めて、

「どうします？　このスナックで、マル源の息子夫婦の昨夜のアリバイ、確かめますか？」

と訊いてきた。

「いや、いいだろ。おそらくあの息子夫婦は事件には関係していない」

島田の勘だが、

「ですね――」

と青木も同意した。

島田と青木は、十歩と歩かないうちに小料理屋『花のれん』の前にやってきて、のれんをわけて戸を開けた。

「いらっしゃいませ」

カウンターを布巾《ふきん》で拭いていた着物姿の女将が、手を止めて振り向いた。

五十歳を過ぎているように見えるが、しっとりと落ち着いた雰囲気を持っている、

顔立ちの整ったなかなかの美人である。

(?――)

島田は女将の顔をみた瞬間、どこかで会っているような気がしたが思い出せなかった。

「すみません。少し、お話をうかがいたいのですが――」

島田と青木は警察手帳を取り出して見せた。

すると、女将は言葉を発せず、警察手帳の顔写真と島田の顔を見比べはじめた。

(?――やっぱり、どこかで会っているのか?……)

不審に思っていると、

「島田君?――」

と、女将がぽつりと言った。

「え?――ええ……」

島田が「くん」づけされて戸惑っていると、

「あー、やっぱりそうなのね。わたしのこと、覚えていない? ほら、涼子《りょうこ》です、同じ都立府中高校の木下《きのした》涼子――」

と、女将が顔を輝かせながら言った。

「木下――涼子？　さん……」

島田は、いよいよ戸惑った。まるで思い出せないのだ。

しかし、木下涼子は落ち込む様子など微塵《みじん》もなく、

「思い出せっていうほうが無理か、すっかりおばさんだもんね」

と明るく言ってから、

「あ、そうだ。島田君もバスケット部だったでしょ？　あたしもやってたのよ。まだ思い出せない？　ほら、顔、よく見てよ。女子のバスケット部の木下涼子！」

「あっ……」

島田は思わず声を出した。男子のバスケット部と女子のバスケット部は、体育館で毎日顔を合わせていたのだ。

「思い出してくれた⁉」

女将の顔が、ぱっと明るくなった。

木下涼子も島田と同じオフェンスのレギュラー選手だった。木下涼子は、元気のいい声を出す素早いドリブルが持ち味の活発な女子で、彼女を好きだと言っていた部員も何人かいたのを思い出した。

「確か、Ｂ組じゃなかったっけ？」

「ええ、そう、そう！　島田君は、A組だったよね」

さっき女将をひと目見た時、どこかで会っている気がしたのは正しかったのだ。

「いやぁ、こんなところで会うなんて驚いたな。それにしても、何年ぶりになるんだ？　三十……」

思い出そうとして宙に目を向けると、ポカンとした顔の青木が目の端に入って我に返った。

「あ、木下君、こっちは同僚の青木くん」

「青木です」

青木は、ぺこりと頭を下げた。

「ふたりだけで盛り上がっちゃって、ごめんなさい――さ、どうぞ、おかけになって」

女将の木下涼子は、そう言うと、カウンターの中へ入っていって冷蔵庫からビールビンを取り出した。

「あ、わたしたちはまだ仕事だから――」

島田がカウンター席に腰を下ろして慌てて言うと、

「固いこと言わないでよ。昔とちっとも変わらないんだから。ビールくらいいいじゃないの」

と、さっさとビールビンの栓を抜いてしまった。

「はい、どうぞ――」

木下涼子は、にこっと笑って島田と青木にビアタンブラーを差し出した。

「じゃ、ちょっとだけ――」

島田は苦笑しながらタンブラーを受け取り、青木もつづいて受け取った。

「そうかあ、島田君、刑事さんになったんだあ。高校生だった、あのころを思い出すと、なるほどねぇとも思うし、意外な気もするわ」

ビールを注ぎながら木下涼子は感慨深げにそう言うと、最後に小さく舌を出して笑った。

「島田さん、どんな高校生だったんですか?」

青木が、注いでもらったビアタンブラーに口をつけて訊いた。

「そうねぇ、結構、女子たちにはモテてたけど、バンカラで女子になんか興味ないって顔してたわよね? あ、バンカラなんて言っても、もう死語で意味わかんないか」

「聞いたことあります。男っぽいっていう意味ですよね。へえー、そうなんですか?」

青木が興味津々という顔で、島田と木下涼子の顔を見比べている。

「昔話は、それくらいにして――ところで木下君、この店の常連だった松原謙作さんという人が昨夜、殺されたの、知っているだろ？」

島田が言うと、にわかに木下涼子の顔に怯《おび》えの色が走った。

「ええ、このすぐ近くででしょ？　驚いたわ……」

「松原さん、昨夜もこの店に来たらしいね」

「ええ、十時近かったかしら。いつもの、そこの席に座って――」

木下涼子は、カウンターの一番隅の席を手で指し示した。

「毎日、顔を出すんだって？」

「そうなの。何かと心配してくれて、定休日以外は毎日きてくれてたのよ――その松原さんが、殺されるなんて……」

顔を青くしている木下涼子は、口元に持って行った手を震わせている。

「最近、松原さんに何か変わった様子はなかったかい？」

「変わった様子？」

「ああ、どんなことでもいいんだ」

「いえ、特には――」

木下涼子はなぜか口ごもった。

「そうか……」

島田は、まだ残っているビアタンブラーのビールを見つめてしばらくすると、木下涼子の顔を見て、

「これは、誰から聞いたとは言えないんだが、殺された松原さん、ずいぶん君にしつこく言い寄っていたというのは本当なのかい？」

と、思い切って訊いてみた。

すると、木下涼子はふっと島田から目を逸《そ》らして、

「誰がそんなことを……」

と、困った顔になって言った。

「どうなんだい？」

島田は、木下涼子を覗きこむようにして訊いた。

「そりゃ、水商売だもの、そういうのって挨拶みたいものなのよ……」

木下涼子はそう言うと、カウンターの中から出てきて戸を開け、のれんを店の中にしまい込んだ。

「おい、木下君――」

看板の電気も落としたのを見た島田が戸惑って声をかけると、

「今夜はやっぱりお店、開けるのよすわ。昨夜、松原さんがあんなことになって、気が重かったの。だから、気にしないで。その代わり、島田君、ゆっくりしてってってよ」

と、木下涼子は軽く睨む真似をして言った。

「警察官は薄給なんだ。一日分の売上なんてとても飲み食いできない」

「大丈夫よ、お安くしとくから、なんて冗談。三十数年ぶりの再会を祝して、今夜は、わたしのおごり」

「そうはいかんさ」

「もう本当にお固いんだから。こういう人が上司だと、仕事しづらいでしょ？」

木下涼子はカウンターの中に入ると、青木にビールを注いでやりながら訊いた。

「いえ、とんでもないです。勉強になることを教えてもらってばかりです」

青木が言うと、

「本当かなぁ？」

と、木下涼子は、島田をからかう口調で言った。

「わたしと組んで仕事がしやすいかしづらいかはわからんが、少なくともわたしは彼の上司じゃない。彼とわたしは同じ階級なんだ」

島田が真面目な顔で言うと、木下涼子は目を丸くして、

「ほんと？　ということは、もしかして、青木さんておっしゃいましたっけ？　あなた、キャリア組のエリート警察官？」

と、青木の顔をまじまじと見て言った。

青木がどう答えていいのかわからないという顔をしていると、

「ま、そんなところだ――ところで、木下君、話を元に戻すが、松原さんが殺されたことに何か心当たりはないか？」

と島田が訊いた。

「心当たり？……」

木下涼子の顔を再び暗い翳《かげ》が覆《おお》った。

「ああ、なんでもいいんだ。何か困っている様子だったとか、トラブルを抱えていたとか――」

木下涼子は、しばらく考える顔つきをしていたが、

「本当に、特に変わった様子はなかったわ」

と言った。

「こだわるようだが、松原謙作さんは君に言い寄っていたそうだけど、そのことで誰

かとトラブルになっていたということはないのかい？」

島田が言うと、木下涼子はうんざりした顔をして、

「島田君、どうしてもわたしと松原さんが何かあったことにしたいみたいだけど、そんなことないわよ、本当に」

と言った。

「そうか――」

島田は、青木に目で「何か訊きたいことはないか？」と言った。

「あの、昨夜、松原謙作さんが、このお店を出たのは何時ごろだったんでしょうか？」

青木が訊くと、木下涼子は、焼いた銀鱈《ぎんだら》の西京《さいきょう》漬けと卯の花を差し出しながら、

「ええと……十一時ちょっと過ぎだったわ」

と答えた。

ということは、この店を出て、あの公園に行ってすぐに何者かに襲われたことになる。

しかし、そもそも松原謙作は、どうして殺害されることになった現場の公園に行ったのだろう？　中野四丁目の自宅への帰り道と言えなくもないが、特に近道になると

いうことではないのだ。

ベンチのそばで倒れていたところを見ると、誰かと待ち合わせしていたのだろうか？　それとも酔いを醒ましていたところを襲われたのか……。

いずれにしろ、十一時過ぎまでは生きていたことになる。つまり、二十代前半のカップルに発見される少し前、零時ごろに殺されたということだ。

午後十一時過ぎから一時間あるかないかの短い空白の時間に、事件は起きたということになる。

「そのとき、まだ店にお客さんはいたのかい？」

「ええ、ひとりだけ」

「常連さんかい？」

「常連さんていうか……つい最近、よく来てくれるようになった人。でも、松原さんが帰って、すぐにその人もお勘定して帰っていったわよ」

「名前は？」

「吉田《よしだ》さん。下の名前までは知らないわ」

「その人からも話を聞いてみたい。勤め先か住んでいるところ、わかるかな？」

「それが、どっちもわからないのよ。すごく無口な人で自分のことは言わない人だし、いつもそこのテーブル席に座って、ひとりでちびちび飲む人だから」

「歳は、いくつくらいだい？」

「そうねぇ、わたしたちより、ちょっと下かしら。初めて来たときから、ひとりでふらっと入ってきて、ちょっと気味が悪いなと思ったけど、おとなしくて、お金もちゃんと払ってくれるし、こんなこと言っちゃなんだけど、構わなくていいからありがたいお客さんなのよ。ちょくちょく来てくれるから、きっとこの近所に住んでいると思うわよ」

「昨夜は、何時に閉店したんだい？」

「いつも十一時にはのれんをしまうの。でも、後片付けとかいろいろやっていると一時近くになっちゃうわね」

「ずいぶん遅くなるんだな」

「ええ——」

「そんな遅い時間に、ひとりで家に帰るのかい？」

島田が言うと、

「迎えに来てくれる旦那がいるように見える？」

と、木下涼子が訊き返してきた。

言われてみると、苗字が変わっていない。それに、亭主がいるのなら、松原謙作が言い寄るなどということもしないだろうと、今になって気づいた。

「そうなのか……」

なにが「そうなのか」——独身だということに納得したという意味で言ったのか、それとも結婚していないということが意外だという意味で言ったのか、島田本人にも判然としなかった。

「わたし、バツイチなの。でも、二十七歳になる、看護師をしている娘がひとりいるのよ。母親のわたしが言うのもなンだけど、いい娘でね。夜勤のない日は店を手伝ってくれるのよ」

生き別れなのか死別なのか？——気にはなったが、三十数年ぶりに再会したばかりなのに、単刀直入に訊くのは憚《はばか》られた。

「そんな大きな娘さんがいるんだ」

自分にも二十四歳の娘がいるのだし、同級生の木下涼子は、女性なのだからそのくらいの年齢の子供がいてもなんらおかしくはないのだが、若く見えるからだろうか、二十七歳にもなる娘がいることが不思議な気がした。

「島田君のところは、お子さん、何人なの？」

「ウチも娘がひとりだ——二十四歳、今度、二十五になるのか」

島田の脳裏に、瑠璃の不機嫌な顔が浮かんだ。そういえば、もう何日顔を合わせていないだろう？……。

「そう。じゃあ、おウチの中、二対一で、島田君、大変ね？」

「二対一？」

島田が訊き返すと、

「女の子は小さいうちは、お父さん子だけど、大人になると母親につくじゃない。なにかにつけて父親は不利な立場に立たされるでしょ？」

と、木下涼子が言った。

（そうか、そういうものなのか……）

木下涼子に言われる今日まで、島田はそんなことを考えたことがなかった。それほど家庭に縁のない生活をしていたということだ。

反省して改めようにも、妻の美也子はもういない——島田は、ふっと悲しい笑みを浮かべた。

「ねえ、島田君の奥さんて、どんな人？」

木下涼子の唐突な問いに、島田は一瞬言葉を失いそうになったが、

「いないんだ——死んで、一年ちょっとになる……」

と、いつの間にかビールから焼酎になっているコップを呷《あお》って言った。

木下涼子は、一瞬「えっ？」という顔になると、

「ごめんなさい……わたし、知らなかったものだから——」

と、おろおろしだした。

「いや、いいさ」

島田が意識して明るい顔を向けて言ったが、木下涼子は首を振って、

「ううん、わたしみたいな生き別れは、イヤになって別れたんだから未練なんてないのよ。でも、亡くなられて別れるのって辛《つら》いっていうもの。ご病気？」

と言った。

「うん。乳癌だったんだが、発見したときには癌が全身に転移していてね——お互い、この歳になるまでには、いろいろあるね」

島田が言うと、

「ええ、そうね」

と、木下涼子もしみじみとした口調で答えた。

そして、島田と青木、木下涼子の三人が、しばし言葉を発しないで酒を飲んでいる

と、突然、店の戸が開けられて静寂が破られた。

三人が驚いていっせいに見ると、店の入口で五十歳過ぎのジャンパーを着た痩せた中年の男がビクッと固まったように動かなくなった。

「吉田さん——」

木下涼子が言った。

（！——）

島田は、思わずイスから立ち上がった。

「あ、いや、看板の灯りもついていないし、のれんもないから休みかなと思ったんだけど、定休日じゃないし、かといって店の中が明るかったもんだから、どうしたのかなあと思って——じゃまた」

そう言って帰ろうとする吉田に島田は、

「すみません。ちょっとお話を聞かせていただけませんか？」

と声をかけた。

「？」

吉田は、きょとんとした顔をして振り返った。

「失礼しました。わたしたちは、こういうものです」

島田が上着の内ポケットから警察手帳を取り出して見せると、青木もつづいて見せた。

すると、吉田は、木下涼子を睨《にら》みつけて、

「やっぱり、おれの言うことなんか信用しないんだな――」

と、意外な言葉を発した。

「ち、ちがうのよ！……」

木下涼子が慌てて否定すると、

「何が違うんだよ！　おれは、ちゃんと自首するって言ったじゃないか。今夜ここでちょっと酒を飲んで女将さんの顔見たら、自首するつもりだったんだ。なのに刑事を呼ぶなんて、おれを信用していない証拠じゃないか！」

と、吉田は憤《いきどお》りを隠さずに言った。

「自首するって、もしかして松原謙作を殺したのは……」

島田が確認した。青木もすでにイスから立ち上がり、腰を落として身構えている。

「――そうだよ。おれさ……」

吉田は、まったく悪びれずに言った。逃亡する様子も暴れそうな様子もまったくない。

島田は、

「戸を閉めて、こっちにくるんだ。詳しく、話を聞かせてもらおう」

と、努めて静かに冷静な口調で言った。

すると吉田は頷いて店内に入ってきて、近くのテーブル席に腰を落ち着けた。

「もう一度、訊く。昨夜、松原謙作さんを殺したのは、本当にあんたなのか？」

島田が大きな声で、ひとつひとつの言葉を区切るようにして訊くと、

「そうだ」

と、吉田は、きっぱりと答えた。

「どうして、松原さんを殺したんだ？」

島田が訊いた。

カウンターの内側にいる木下涼子は、顔色を失って、体を小刻みにぶるぶると震わせている。

「聞いたからだよ。あの男が女将さんのことを脅しているのを——」

吉田は、観念したように肩を落として言った。

「脅されていた？」

島田は吉田から木下涼子に視線を移した。

さっきまで、彼女は松原謙作とは何もないと言っていたのである。

つまり、島田に嘘をついていたということになる。

「木下君、どういうことなんだ？……」

島田は、目を伏せている木下涼子に、苛立ちを覚えて言った。

「ごめんなさい。嘘をつくつもりなんてなかったの。だけど、なんて説明していいかもわからなくて……」

「松原謙作が君を脅していたというのは、本当なのか？」

島田が訊くと、木下涼子は力なく頷いた。

「娘に結婚したいっていう人ができたの。お相手は娘が勤める大学病院の医師で、もったいないくらいの良縁だった。もちろん喜んだけど、不安もあったわ。だって、向こうはご両親が揃ってて、父親は開業医、母親は薬剤師。こっちは片親だし、こんな商売しているんだもの。娘はそんなの関係ないって言ってくれたけど、現実はそういうもんじゃない。案の定、向こうのご両親は興信所を使って、わたしのことを調べはじめたのよ――」

それを知ったのは、松原からだった。興信所の男が松原のもとを訪ねてきて、木下涼子のことをあれやこれやと訊いたのだという。

以前から木下涼子を執拗に口説いていた松原は、その興信所の男にこれまで調べたことを金で買うと言い、木下涼子の過去を知ったのだった。

その報告書の中で松原が特に興味を持ったのは、木下涼子の元夫のことだった。

十六年前に木下涼子と別れた夫の氏家良太《うじいえりょうた》は、十一年前、酒に酔った勢いでケンカをして相手に殴る蹴るの暴行を加えて殺してしまい、懲役十年の実刑を言い渡されたのである。

そして、もう少しで出所できるという去年、癌を患って八王子《はちおうじ》医療刑務所で死亡したという。

木下涼子は元夫の氏家が殺人事件を起こしたことは、当時の新聞やテレビ報道で知ったが、それは離婚してから五年も後のことで、住んでいた場所もとっくに変わっていたから周囲の人も娘の加奈《かな》にも知られずに済んだし、ましてや服役中に病死したことまでは知りようもないことだった。

だが、松原謙作は、

『興信所には、あんたの元夫で加奈ちゃんの父親が殺人犯だったってことは伏せるように、それ相当の金をわたしが払ったから、これでかわいい娘の加奈ちゃんの結婚は大丈夫だ。ま、もっともわたしが黙っていればの話だが――』

と、今度は元夫の秘密をネタに木下涼子に肉体関係を持つように迫ってきたのだった。

「そして昨夜も店にやってきた松原は、わたしに最後通牒だと言ったの。これ以上言うことを拒み続ければ、明日にでも娘にも結婚相手のご両親にも全部ぶちまけてやるって……」

木下涼子は、それだけはやめてくれと頭を下げて頼んだが、松原謙作は聞く耳を持とうとせず、近くのラブホテルに連れ込むつもりで、店を閉めたら公園で待っているからくるようにと言ったのである。

「おれは、それを聞いてしまったんだ。それであの松原のことが許せなくなって――」

吉田が吐き捨てるように言った。

松原謙作は吉田がトイレに行った隙に木下涼子に言い寄ったのだが、用を足し終えた吉田は戸口でふたりの言い合いを聞いてしまい、松原謙作が店を出ていったのを確かめて店内に戻ったのだという。

「おれは何も聞いていなかった顔をして勘定を済ませて、あの男が待っている公園に行ったんだ」

公園に着くと、松原謙作はベンチに座って、タバコをふかしていた。

吉田は、その松原謙作の前に立って、

『さっき店のトイレの出がけに、話はぜんぶ聞かせてもらったよ。あんた、あんな卑《ひ》怯《きょう》な方法で女将さんを口説くなんて、はずかしくないのか！』

と非難した。

しかし、松原謙作は鼻で笑って相手にしなかった。それどころか、おまえも女将に惚れてるんじゃないかとからかいはじめたのだった。

「そして、あいつは、おれをシッシッと手で払ったんだ。まるで邪魔な犬でも追い払うように――」

吉田は頭にカーッと血が上った。

そして気がつくと、手にコンクリートブロックを持ち、松原謙作の頭をめがけて振り下ろしていた。

松原謙作は、『ぎゃっ』と奇妙な短い叫び声を上げてベンチから崩れ落ちると、そのまま動かなくなった。

それからどのくらい経っただろう――まるで魂が抜けたように、茫然と動かなくなった松原謙作を見下ろしていると、

『吉田さん？　こんなところで、なにしてるの？……』

という木下涼子の声で、吉田は我に返って振り向いた。

木下涼子は店の片づけもそこそこに、とにかく松原謙作が興信所の人間に支払ったという金は、自分が返すから元夫のことはくれぐれも秘密にしておいて欲しいと言いにきたのだった。

『ここに、松原さん、いなかった？』

不審に思って訊くと、吉田は倒れている松原謙作を無言で指差した。

それを見た木下涼子は、「ひっ」と声を上げて後ずさり、

『どうして――まさか、吉田さんが？……』

と恐る恐る訊くと、吉田は、

『はい、おれが殺《や》りました。これで、女将さんはなんの心配もなくなった。これは、こいつとおれがケンカになってやったことです。女将さんには、なんの関係もない。だから、女将さんは早く、この場からいなくなってください。なーに、心配はいらない。あとは、おれが警察に自首すれば事は済む……』

と言った。

『でも、どうして、吉田さんがこんなことを？』

木下涼子は言ったが、

『そんなことは、どうでもいいことです。さ、早く帰るんだ。誰かに見られたら、元も子もない！』

と吉田は怒ったように言ったのだった。

「それで、わたしは店に戻って後片付けして、それから家に帰ったんです――」

木下涼子が島田と青木に言った。

「で、吉田、おまえはどうしたんだ？」

島田が訊くと、

「すぐに自首するのもバカバカしいと思って、あの松原って男の財布から金を抜き取って、駅前近くの居酒屋で飲み直した」

と言った。

「しかし、木下君――あ、いや女将さんのために、どうしてあんた、そこまでする気になったんだ？　それは、あんたもやはりその……」

島田が口ごもると、

「惚れてたからかって？――へへ、そういうのとも、ちょっと違うなぁ。なんてぇか、氏家さんとおれ、同じ房だったんだよ」

と、吉田がまたも意外なことを言いだした。

「同じ房って――おまえもムショ暮らししてたのか……」

島田が言うと、

「へへ、まあ――」

と、吉田は小さく笑って言った。

吉田は十年前、独り暮らしの老婆の家に盗みに入り、気づかれて騒がれたために、黙らせようと口を封じたら死んでしまったのだという。

「懲役八年の実刑だった。ムショ暮らしなんて、当たり前だが、おもしろいことなんか、なにひとつありゃしない。ヒマつぶしといやぁ、自由時間に同じ房の氏家さんと話をするくらいのものだった。そのうち氏家さんは、よく別れた奥さんと娘さんのことを話してくれるようになったんだ――」

親に捨てられて養護施設で育った吉田は、当初は氏家の別れた妻の木下涼子と娘の加奈の話などうっとうしいだけだったが、暇つぶしに聞くともなしに聞いているうちに、自分も家族の一員のような気になっていったという。

「――氏家さん、いっつも言ってたよ。出所しても娘の加奈にはもう会えないけど、幸せになって欲しいって。娘を幸せにできるんだったら、自分の命を差し出すことになってもなんのためらいもないって。そして、おれがひと足早く出所できることになったとき、氏家さんに言われたんだ。別れた女房と娘の加奈が元気で暮らしているか、調べてこっそり教えてくれないかって……」

吉田は氏家と約束して出所したものの、木下涼子と娘の加奈の居所を探すのは困難を極めた。

そして、なかなか居所がつかめないまま、氏家のいる府中刑務所に何回目かの面会をしにいくと、氏家が腎臓癌を患って八王子医療刑務所に移送されたことを知ったのだった。

「――ようやく女将さんの居所を突き止めて、氏家さんに会いに行ったときには、もう氏家さんは死んでしまっていた。それからしばらくしてのことさ。あの松原ってやつが、女将さんに言い寄ってるのを知ったのは。それだけなら、どうなろうと女将さんの気持ち次第なんだから、とやかく言うつもりはなかったさ。だけど、氏家さんのことをネタに女将さんを脅して、いいようにしようとするのだけは、おれはどうしても見て見ぬふりはできなかった……」

吉田が苦しそうな表情で言うと、

「吉田さん、ごめんなさい。わたしが、もう少ししっかりしていれば、吉田さんにあんなことさせなくて済んでいたかもしれないのに――」

と、木下涼子はハンカチで目をおさえながら詫びた。

すると吉田は、明るい笑顔を作って、

「女将さんが申し訳なく思うことなんかなんにもないよ。だいたいこんなことしちまったのは、何も女将さんのためだけじゃなくて、おれのためでもあったんだからさ」

と言った。

「どういうことだ?」

島田が訊くと、吉田は、

「刑事さん、おれ、刑務所に戻りたくなっちまったんだよ」

と、ためらいなく言った。

「なんでまた――」

「なんでまたって、刑事さん、シャバに出たっていいこと、なんにもないぜ。不景気で若いモンにだって仕事がねえっていうのに、五十歳で、しかも殺しの前科があるおれなんかに仕事なんかあるわけがねえ。このままでいたら、おれはどっちみち、とんでもねえことしでかしてたよ。そこいくとよ、今回おれがやったことは、決して褒《ほ》められたことじゃないが、かといってそんなに悪いことをしたとも思えねえんだ。だからまた刑務所に戻って、刑務作業に精を出すよ。そのほうがよっぽど、世の中のためになるだろ? だけどなんだよな、シャバには仕事がなくて、刑務所には仕事があるってぇのは、世の中どうなっちまってるのかねえ、笑っちまうよ……」

吉田の言っていることはへらず口に違いないし、殺人という重罪は許されるはずもないが、島田は目の前にいる吉田に返す言葉が見つからなかった。

「飲み物は何がいい?」

島田が言うと、

「え?」

と、吉田は、意味がわからないという顔を向けた。

「最後の酒を飲みにきたんじゃなかったのか?」

島田が穏やかな口調で言うと、

「島田さん、まずいですよ」

と、青木が口を挟んだ。

「何がまずい? わたしたちは、たまたま〝花のれん〟という店で、客として居合わせたに過ぎない。お互い、職業も知らない。そうだろ、女将さん?」

島田が言うと、島田の胸の内を汲み取った木下涼子は、

「ええ、そうよ。そして、四人とも帰る方向もいっしょで、みんなで吉田さんを送ってってあげるのよね」

と、悲しそうな笑みを浮かべて言った。

吉田が警察に自首してから四日が経った。

その日、非番だった島田は、遅い朝食を食べると、義父の河合敬一郎が入院している信濃町の慶應義塾大学病院に向かった。

河合敬一郎は十日ほど前に大部屋から個室に移され、しきりに島田に会いたがっているから見舞いに行って欲しいと娘の瑠璃から言われていたのである。

だが、島田は忙しさにかまけて一向に行こうとはしなかった。

そんな島田の心境に変化をもたらしたのには、木下涼子が元夫の氏家良太のことをすべて娘の加奈に話す決意をしたと連絡してきたことが少なからず影響していた。

松原謙作が死んだことで、氏家良太が殺人という罪を犯し、服役中に病死したという事実を娘である加奈に隠し通そうと思えばできるかもしれない。

しかし、木下涼子は、そうすることが果たして本当にいいことなのだろうかと悩んだ末に、娘には恨まれることになるかもしれないが、事実は事実として受け止めてもらい、そのうえで結婚という新たな人生を歩んでもらいたいと思ったのだという。

『こんなことを言ってはなんだけれど、今回の事件は、娘を想って死んでいった氏家が、あの世から娘を守ろうとして起きたことのような気がするの。だから、娘に父親のことを洗いざらい話したうえで、わたしのもとから旅立たせてあげたいと思ったのよ』

木下涼子は、島田にそう言ったのだった。

島田と河合敬一郎は、親子といっても義理の間柄である。だが、同じ警察官という職業を選んだ者同士でもあるのだ。

島田が美也子とどうして結婚し、なぜ家庭を顧みずに刑事という仕事にのめり込まざるを得なかったのか、その本当のいきさつを洗いざらい河合敬一郎に話して許しを乞い、義母と美也子のもとへ旅立たせてあげるべきなのではないか——島田は、そう考えるようになったのだった。

「やぁ、せっかくの休みの日に、すまんね……」

病室に入ると、島田の姿を認めた河合敬一郎は、ひどく落ちくぼんだ、若干白濁しているように見える目を向けて、力のない声で言った。

これほどまでに衰弱しているのでは、もう趣味の時代小説を読むこともできなくなっているだろう。

「どうですか、お加減は？」

衰弱し切っている河合敬一郎の姿を見た島田は、胸が締め付けられそうになって、強張った顔を必死に笑顔に変えて言った。

最後に河合敬一郎を見舞ったのは、昨年の暮れだったから、もう半年近くも経つことになる。

あのときは、捜査がらみでこの病院にきたついでに立ち寄っただけで、話らしい話もしなかったが、今の姿に比べればかなり元気そうだった。

しかし、あれから四ヵ月経った今、河合敬一郎の顔には明らかに死相が出ている。

「見てのとおり、なんとか生きながらえているよ……」

食べ物を口に入れなくなって、一ヵ月が経っているという。栄養はすべて左腕に打っている点滴で賄《まかな》っているようだ。

口が渇くのだろう、しきりに舌で唇を舐めている。

「水、飲みますか？」

島田が言うと、

「ああ、すまん……」

と、河合敬一郎は、落ちくぼんだ目をうれしそうに細めて、かすれた声で言った。

そして島田が水差しを口に持って行ってやると、わずかに水を含んだだけで、もういいとばかりに枯れ枝のように細くなっている右腕を上げた。

「ありがとう……」

「いえ——」

「島田さん、今日は、ゆっくりできそうかな？」

言葉は遠慮勝ちだが、その物言いには期待が込められていた。

「ええ、お体に差し障りがなければですが、今日は面会時間いっぱいまで、いるつもりできました」

島田が心苦しそうに言うと、

「そうか。それは、ありがたい……」

と、河合敬一郎は答えると、安心したのか、それとも話すことを頭の中で整理しようとしているのか、視線を天井に向けたまま口を閉じた。

河合敬一郎は、派出所勤務ひと筋の警察官人生を送った人である。戦後の混乱期に警察署の給仕となり、その真面目さを見込まれて巡査を拝命。以来四十数年にわたって地域住民の暮らしの安全、安心を守るために半生を捧げた外勤警察官の鑑《かがみ》のような人だ。

定年退官して制服を脱いだ後も、町内会の防犯パトロール隊の組織作りを買って出るなど面倒見がよく、住民たちから感謝されていた。

『島田さん』——美也子と結婚して義父となっても、河合敬一郎は島田をそう呼んだ。「さん」づけはやめてくれるよう幾度か美也子にそれとなく伝えてもらったものだが、河合敬一郎は頑《かたく》なに「さん」づけを通した。

『仕方ないわよ。父は根っからの警察官なんだもの。だから、気にしないで』

そのたびに妻の美也子は内心困りながらも、笑顔を見せて言ったものだ。

河合敬一郎の年代の警察官は、徹底的な軍隊的教育を受けているため、派出所勤務で万年巡査の警察官である自分が、たとえ娘の夫であろうと階級が上であるばかりでなく大卒で、しかも本庁勤めの島田を「くん」づけなどとてもできないということらしい。

島田も島田で、河合敬一郎を「お義父さん」と本人の前で呼んだことはなかった。叩き上げで外勤警察官の鑑とも言うべき河合敬一郎に対して、「お義父さん」などと親しげに呼ぶことは、同じ警察官として憚られる——そんな想いが無意識に働いていたように思う。

それに加えて捜査づけの毎日を送っていた島田は、義父と顔を合わせることなど今までほんの数回程度で、ゆっくり話す機会がなかったということもある。

「島田さん——」

島田も何から話そうか考えていると、突然、河合敬一郎が呼んだ。その声は、さっきまでとは別人のように張りのあるものだった。

「?——」

見ると、河合敬一郎の視線は宙の一点を見据えて微動だにしないでいる。

「なんでしょう?」

島田がその先を促すと、

「わたしは、もう間もなく逝く。だが、その前にどうしてもあなたに話しておかなければならないことがあってね」

と言った。

島田は、河合敬一郎のあまりにも改まった物の言い方に戸惑いを覚えながら、その先の言葉を待った。

「青木さんに聞いたんだが、あなたはまだ同僚だった沢木さん殺害事件を追っているそうだねぇ?」

そう訊かれて島田は驚いた。

「？――彼は、いつ見舞いにきたんですか？」

去年の暮れ、島田が捜査がらみでこの病院にきたとき、青木もいっしょに河合敬一郎の見舞いをしている。

そのとき、河合敬一郎は、すでに青木と友達づきあいをしていることを瑠璃から聞いていたらしく、青木本人をひと目見てすっかり気に入ったようだった。

「ここの個室に移されたときだから、十日ほど前だ。瑠璃といっしょに見舞いにきてくれたんだが、あなたには内緒にしてくれと言っていた」

青木は、島田が瑠璃とときどき会っているのを、あまり快く思っていないことを感じ取っているのだ。

島田がそのことに無言でいると、

「彼を怒らんでやってくれ。顔を見せてくれるように瑠璃に頼んだのは、わたしなんだ」

と、河合敬一郎はまた意外なことを告白した。

「どうして青木にそんなことを？……」

島田は、河合敬一郎の目的がわからなかった。

単にかわいい孫の瑠璃が交際しているという理由で、青木に顔を見せてくれるように頼んだわけではないだろう。

考えられることは、青木と組んでいる島田の動向を知りたいということくらいだが、河合敬一郎はどうして自分のことを知りたがっているのだろう?……。

そんな島田の胸のうちを見透かしたように、

「あなたは二十五年もかけて、親友だった沢木さん殺しの真犯人の男をようやく探し出したというのに、まだ何か腑に落ちないことがある、そんな顔をしていた。いったい何が腑に落ちないのか、わたしが訊いても教えてはくれなかったからね」

と、河合敬一郎は言った。

「それで青木に訊こうと思ったんですか?」

島田は拍子抜けする思いがした。島田は、沢木殺害事件には警察組織が関わっていたと睨んでいる。

だが、そのことを警察官だったことに誇りを持ちつづけている義父には言うべきではないと思っていただけなのである。

「ああ、そうだ。島田さんは、沢木さん殺害の裏には警察組織の関与があったのではないかと思っているそうだね」

青木からすでに聞いているのでは、もう隠しだてする必要もない。

「はい。そう考えています」

島田が腹を括って答えると、

「どう関与したと考えているんだね？」

それまで宙を見ていた河合敬一郎が島田に視線を移して訊いた。

裏切った者がいたんです――島田は、その言葉を飲み込んで、

「その話は、よしませんか」

と言った。島田の推理には確信があったが、なにしろ証拠が何もないのだ。

しかし、河合敬一郎は島田を無視するように、

「上からの命令を受けて、沢木さんを裏切った者がいる。その裏切り者は、沢木さんが命がけで樫田組の野村健一から手に入れた銀龍会と東都建設、それに当時建設族の大物議員で、現国交大臣の上代英造代議士が密接な関係にあったことを示す写真と会話テープを、殺害される前に沢木さんの部屋から盗み出していた――」

と、とても命が尽きようとしている老人とは思えないほど、はっきりした口調で一気に言うと、

「違うかね？」

島田の目をじっと見つめた。

島田は唖然とした。何故なら、そこまで青木は知らないからだ。知っているのは、島田が接触したかつての沢木の同僚たちだが、彼らと河合敬一郎の接点はまったくといっていいほどないのである。

いや、仮に接点があったとしても、自分たちの恥になるようなことを彼らが言うはずがない。

では、いったい河合敬一郎は、誰からそんな情報を得たというのだろう?

(わからない……いったい、誰がそんなことを、なんの目的があって義父に教えたというんだ――)

島田は頭をフル回転させながら、河合敬一郎の顔を見つめた。

河合敬一郎もまた島田の視線を逸らそうとせずにしっかり受け止めている。

と、島田の脳裏に、ふっとあり得ない疑惑が湧いてきた。

(!――まさか……)

島田が心の中で叫びながら、河合敬一郎の顔をまじまじと見つめた。

すると、河合敬一郎は島田の想いを感じとったように、まぶたを閉じてゆっくりと頷くと、

「わたしなんだ、その裏切り者は――」

と言ったのだった。

「そんな……嘘ですよね？――だって、どうしてそんなことをする必要があったんですか？……」

島田が、まるでうわ言のように力なく言うと、

「あのときのわたしには、命令を断るなどという選択肢はなかった……」

と、河合敬一郎は覚悟を決めた表情をして言った。

しばし、河合敬一郎の顔を茫然と見つめていた島田は、がくっと肩を落として、

「誰からの命令だったんですか？」

と上目づかいに見て訊ねた。

すると河合敬一郎は観念したように、

「本庁二課の五十嵐課長から、わたしがいた世田谷の派出所に電話があって、本庁に至急来るように言われた。そして言われるまま向かうと、だだっ広い会議室に通されて、五十嵐課長ともうひとり四課の田中課長のおふたりがいた――」

と、淡々と語りだした。

万年巡査で派出所勤務ひと筋の河合敬一郎が本庁の、しかも二課と四課のふたりの

課長に呼び出されるなど通常あり得ないことである。

河合敬一郎はガチガチに緊張しながら、どうして呼び出しなど受けることになったのか必死になって考えてみたが、まるで心当たりはなかった。

そんな河合敬一郎の胸中など余所に、五十嵐と田中の両課長は挨拶もそこそこに、いきなり極秘任務を遂行してもらいたいと切り出したのだという。

「その任務とは――もう言うまでもないね。わたしは、おふたりから、その写真に何が写され、会話テープにいかに大変なことが録音されているのか説明を受けた。それを違法すれすれの手法を使って手に入れた沢木巡査長は捜査本部に渡さずに、あろうことか東都建設を脅して大金を手に入れようとしているのだと聞かされた――」

むろん、まったくの出鱈目だった。しかし、そもそものいきさつも、沢木という男のことも知らない河合敬一郎は、五十嵐課長と田中課長の言うことを信じるよりほかになかった。

「唯一解せなかったのは、どうしてわたしなのかということだった。何故、派出所勤務しかしたことのないわたしが、そんな重大な任務を仰せつかることになったのか――その理由を聞かされたわたしは驚いた……」

沢木巡査長は、河合敬一郎の娘であり、本庁の生活安全課で働く女性警察官の美也子と交際していると言うのである。

だから、美也子の父親である河合敬一郎が、沢木のもとを挨拶かたがた訪ねて行けば、沢木は警戒することなく部屋に迎え入れるだろうと言ったのだった。

それを聞いた河合敬一郎は、ますますその任務を断る理由がなくなったどころか、なんとしてでも沢木に警察組織に対する背信行為をやめさせ、美也子との交際にも終止符を打たせなければならないと考えたのである。

河合敬一郎の話を聞いた島田は、今更ながらではあるが、警察組織というものの恐ろしさと狡猾《こうかつ》さを思い知った。

すべてがまったく架空の作り話ではなく、事実をもとにしながら微妙に変えて自分たちの都合のいいストーリーを作り上げて誘導していくのだ。

この手法で作られる最悪の例が、冤罪《えんざい》だろう。警察という組織は、常にこうした恐ろしいものを作り上げる体質を備えているのだ。

河合敬一郎は命じられた極秘任務を、なんの疑いもためらいもなく遂行した。

沢木の部屋を突然訪ねた河合敬一郎は、ひとり娘の美也子を想う父親の身勝手な行動を許して欲しいと言って沢木を安心させて上がり込み、沢木がトイレに立った隙に粘土板で部屋の鍵の型を取ったのだという。

そして適当なところで一旦引き上げ、夕方になって田中課長が沢木の部屋に電話をかけて外に呼び出したところで、鑑識課で作らせた合鍵を使って部屋に忍び込んで写真と会話テープを持ち出すことに成功したのだった。

「その翌日、沢木さんは殺された。だが、犯人が樫田組に出入りする準構成員の木田譲という男で、以前に厳しい取調べを受けたことによる逆恨みの犯行だと知って、わたしは妙に安堵したものだ。それから一年後、美也子は島田さん、あなたと結婚し、やがて瑠璃が生まれた。だが、あなたの人柄が変わってしまったようだと美也子が言い出したのは、ちょうどそのころだった。そして、あの人は、おそらく通常の捜査とは別に、沢木さんを殺した真犯人を個人的に探しているのだと言った——」

そのときはじめて、河合敬一郎は美也子の口から、島田も関わった新宿区富久町で起きた豆腐店を営む飯田一雄殺害事件が、沢木殺害につながるそもそもの事件なのだということを知ったのだった。

「美也子から、その話を聞いたわたしは血の気が引いていく思いがしたものだ。もしかすると、沢木さんが殺されたのは、わたしがあの写真と会話テープを盗んだことに関係しているのではないか……。わたしは、本庁の人間たちに、ただ利用されただけではないのか……そう考えると、恐ろしくて、あなたにも亡くなった沢木さんにも申し訳なくて、夜もろくろく眠れなくなった。しかし、その一方で、警察組織がそんなことをするはずがない。わたしは、必死にそう言い聞かせてきた——」

河合敬一郎は、何度も五十嵐課長と田中課長に連絡を取って確かめてみようと思ったという。

しかし、そんなことをしたところで、彼らは取り合うことはないだろうし、仮に河合敬一郎の想像どおりだったとしても、絶対に彼らが認めるはずがないのだ。

「わたしは、沢木さん殺しの真犯人が捕まらないのなら、わたしがしたことを墓場まで持って行こうと心に決めた。しかし、島田さん、あなたはとうとう真犯人である野村健一を探し出した。わたしが癌という病気になって、あと少しであの世に逝こうとしているときに——」

河合敬一郎の口調は穏やかなものだった。

しかし、それだけに却って島田はいたたまれない気持ちにさせられた。

「だから、わたしはまた別の覚悟を決めた。たとえ、どんなにあなたに愚か者だと蔑《さげす》まれようと、罵声を浴びせられようと、わたしがしてしまったことを、すべてあなたに告白すべきだと——そうしなければ、あの世に逝っても娘に、美也子に合わす顔がない……」

ただでさえ癌に蝕《むしば》まれて苦しい思いをしている河合敬一郎が、こうして告白することを決意するまで、自分をどんなに責めつづけてきたのだろうと思うと、島田はかける言葉が見つからなかった。

むろん、島田には河合敬一郎を憎んだり、蔑んだり、責める気持ちなど毛頭ない。憎むべきは、愚直なまでに警察という組織を信じ、そこに属していることに誇りを持って生きようとする沢木や河合敬一郎のような真っ当な警察官をいいように利用し、自分たちの保身のためならどんなことでもする上層部の一部の人間たちなのだ。

「よくぞ話してくださいました。お義父さん……」

『お義父さん』――河合敬一郎の前で、島田の口からはじめて自然について出た。

河合敬一郎の葬儀が終わって一週間が過ぎ、夏を思わせるような強い陽射しが照りつけていたその日、島田は約束を取りつけた午後三時二分前に、警視庁とくっつくように建っている中央合同庁舎2号館の警察庁次長室の前に立っていた。

警察庁次長といえば、日本全国の警察官およそ二十五万人のナンバー2の地位で、二年から三年の就任期間の次に長官になることが決まっている。

警視庁捜査一課の警部補に過ぎない島田が、たった二人きりで会うなどということはおよそあり得ないことである。

だが、その日、そのあり得ないことが可能になったのだ。

すべては、青木のおかげだった。島田たちがとても手が届かない警察上層部に親戚が何人もいると聞いている青木にダメもとで、警察庁次長の板垣雄三《いたがきゆうぞう》に面会したいのだがなんとかならないかと言ってみたところ、三日後に十五分だけという条件で都合をつけたと言ってきたのである。

もっとも断られた場合、島田は強行手段に訴えてでも面会するつもりだったが——。

コッコッ——時計の針が三時ちょうどになったと同時に、島田は分厚い扉をノックした。

「警視庁刑事部捜査第一課第二強行班3係警部補、島田直治です——」

『入りたまえ』

中から、野太い声がした。

ドアを開けて一歩足を踏み入れたところで、島田は十五度の角度で一礼した。

「失礼いたします」

顔を上げると、遠目からも高級品だとわかるスーツに身を包んで、都内を見渡せる

広いガラス窓から景色を見ていた板垣雄三が振り向き、

「わたしに会って話したいこととは何かな？――」

と言って、窓を背にして置かれているデスクのイスに座った。

板垣雄三はロマンスグレーの髪の毛をオールバック気味に撫でつけ、意志の強そうな大きな鷲鼻に銀縁の眼鏡をかけていて、六十二歳とは思えないほどいい肌つやをしている。

「先日、かつて警視庁刑事部捜査二課の課長だった五十嵐和義《かずよし》氏にお会いしてきました」

島田は、板垣雄三が座っているデスクのイスの二メートルほど前に直立不動で立ったまま言った。

河合敬一郎の初七日を終えてすぐに島田は熊本に飛び、五十嵐課長のもとを訪ねたのだった。

「用件を早く言いたまえ――」

板垣雄三は顔色ひとつ変えずに言った。

「はっ。二十五年前、新宿区富久町で起きた地上げがらみの殺人事件をご記憶でしょうか？」

島田の問いに板垣雄三は眉ひとつ動かさず、無言のまま島田を見ている。

「被害者は、豆腐店を営む飯田一雄という富久町の商店街の会長をしていた男でした――」

島田は、あの事件の背後で広域指定暴力団の銀龍会と準大手ゼネコンの東都建設、そして民自党の建設族の上代英造代議士が手を結び、富久町一帯の再開発事業で莫大な利益を得ようとしていた構図を手短に説明した。

「――その三つの巨大な勢力が手を結んでいた証拠を摑んだ刑事がいました。わたしの親友であり同期だった沢木という男です。彼は、その証拠を摑んだことを上司だった四課の田中課長に報告しました。ところが、そのすぐあとに沢木は銀龍会系の樫田組の野村健一という男に殺されてしまいました。その証拠なるものを奪うためでした。しかし、その証拠は、すでに消えてしまっていたんです。いったいどこに消えたと思いますか？」

島田が問い質すように板垣雄三を見据えて言うと、板垣雄三は何食わぬ顔で腕時計を見て、

「もうすぐ十分になる。先を急いでくれ――」

と言った。

島田はつづけた。

「板垣警視監、あなたは、当時すべての捜査本部の設置及び解散を命じることができる警視庁の刑事部部長でした。あなたは、田中・五十嵐両課長から沢木刑事が摑んだ証拠の中身がどんなものなのかの報告を受けると、それ以上の捜査はするなと命じた」

だが、田中課長は沢木にそのことを伝えなかった。沢木の性格から考えて、そんなことをすれば彼はその証拠を世間に公表するだろうと思ったからだ。

そこでその証拠を河合敬一郎を使って盗み出させることを思いついたのである。

「五十嵐課長がそう言ったのかね？」

「はい――」

「どうして、わたしがそんな命令をしなきゃならないのかね？　当時、与党だった民自党で絶大な力を持っていた上代代議士が絡んでいて、政治的な圧力があったからだと言いたいのか？　馬鹿なことを言っちゃいけない。警察という組織は、たったひとりの政治家の圧力なんぞに屈するほど脆弱《ぜいじゃく》なものじゃない」

「ええ。政治的圧力があって、捜査の中止を命じたのではありません。そう命じたのは、板垣警視監、あなたの奥様が上代英造代議士の長女、康子《やすこ》さんだという極めて個人的な理由からだったんです。つまり、あなたは、義父の上代英造代議士を助けようとして、捜査の中止を命じた――」

板垣雄三の眉が、ぴくりと動いた。

「言いたいことは、それだけかね？　確かに上代代議士はわたしの義父だし、君の推理はなかなかおもしろい。しかし、所詮は推理の域を出ない。そんなことを言うために、わたしの貴重な十五分という時間を取った君の責任は重い。それ相応の覚悟はできているんだろうな？」

板垣雄三は、島田を睨みつけて言った。

「もちろん、できています」

島田が泰然として答えると、

「結構だ。追って、君の上司からなんらかの処分が言い渡されることになるだろう。もう下がっていい」

と言った。

が、島田は立ち去ろうとはせず、

「まだ二分あります」

と言った。

「⁉——貴様ッ……！」

板垣雄三は怒りを露わにしてイスから立ちあがった。

すると、島田は上着の内ポケットにすっと手を入れて、

「銀龍会と東都建設のトップが写っている写真と、彼らと上代代議士が密接な関係にあったことがわかる会話を録音したテープを捜査四課の田中課長から受け取ってあなたは処分しましたが、五十嵐課長はそれらのコピーを持っていたんですよ。これです——」

と、ＵＳＢメモリを取り出して見せた。

熊本まで会いに行った島田に五十嵐は、

『わたしも、もう七十歳半ばになる。この歳になると、金や名誉欲しさのために人を蹴落として生きてきた自分の半生が、実につまらないものだったと痛感している。そして、いつかきっと君のような警察官が現れてくれるのを、わたしは心のどこかでずっと待っていた気がする』

と言って、コピーした写真と会話の録音テープを渡してくれたのだった。

「板垣警視監、ご自身の進退はご自身でお決めください——」

島田はそう言って、ＵＳＢメモリを板垣雄三のデスクに置いた。

もちろん、同じものが記録されているＵＳＢメモリを島田はもうひとつ隠し持っていて、板垣雄三が辞任しなければマスコミを通して世間に公表するつもりだ。

「では、わたしはこれで――」

島田が言うと、

「ちょっと待ってくれ。島田君――」

と、板垣雄三は顔色を変えて慌てて言ったが、島田はそんな板垣雄三の言葉には耳を貸さず、一礼すると穏やかな表情を見せ、くるりと背を向けて静かにドアに向かって歩いていった。

刑事の裏切り

一〇〇字書評

切り取り線

購買動機（新聞、雑誌名を記入するか、あるいは○をつけてください）	
□（　　　　　　　　）の広告を見て	
□（　　　　　　　　）の書評を見て	
□ 知人のすすめで	□ タイトルに惹かれて
□ カバーが良かったから	□ 内容が面白そうだから
□ 好きな作家だから	□ 好きな分野の本だから

・最近、最も感銘を受けた作品名をお書き下さい

・あなたのお好きな作家名をお書き下さい

・その他、ご要望がありましたらお書き下さい

住所	〒				
氏名		職業		年齢	
Eメール	※携帯には配信できません		新刊情報等のメール配信を 希望する・しない		

この本の感想を、編集部までお寄せいただけたらありがたく存じます。今後の企画の参考にさせていただきます。Eメールでも結構です。

いただいた「一〇〇字書評」は、新聞・雑誌等に紹介させていただくことがあります。その場合はお礼として特製図書カードを差し上げます。

前ページの原稿用紙に書評をお書きの上、切り取り、左記までお送り下さい。宛先の住所は不要です。

なお、ご記入いただいたお名前、ご住所等は、書評紹介の事前了解、謝礼のお届けのためだけに利用し、そのほかの目的のために利用することはありません。

〒一〇一－八七〇一
祥伝社文庫編集長　加藤　淳
電話　〇三（三二六五）二〇八〇

祥伝社ホームページの「ブックレビュー」からも、書き込めます。
http://www.shodensha.co.jp/bookreview/

上質のエンターテインメントを！　珠玉のエスプリを！

祥伝社文庫は創刊十五周年を迎える二〇〇〇年を機に、ここに新たな宣言をいたします。いつの世にも変わらない価値観、つまり「豊かな心」「深い知恵」「大きな楽しみ」に満ちた作品を厳選し、次代を拓く書下ろし作品を大胆に起用し、読者の皆様の心に響く文庫を目指します。どうぞご意見、ご希望を編集部までお寄せくださるよう、お願いいたします。

二〇〇〇年一月一日　祥伝社文庫編集部

祥伝社文庫

刑事《けいじ》の裏切《うらぎ》り

平成二十三年三月二十日　初版第一刷発行

著者　西川司《にしかわつかさ》

発行者　竹内和芳

発行所　祥伝社

東京都千代田区神田神保町三-六-五
九段尚学ビル　〒一〇一-八七〇一
電話　〇三（三二六五）二〇八一（販売部）
電話　〇三（三二六五）二〇八〇（編集部）
電話　〇三（三二六五）三六二二（業務部）
http://www.shodensha.co.jp/

印刷所　堀内印刷

製本所　積信堂

カバーフォーマットデザイン　芥　陽子

ISBN978-4-396-33656-1 C0193

祥伝社文庫の好評既刊

阿木慎太郎
夢の城
米映画会社へ出向命令が下った政木を待っていたのは、驚愕の現実だった。ハリウッドの内幕を描いた傑作！

阿木慎太郎
闇の警視
被弾
伝説の元公安捜査官が、全国制覇を企む暴力組織に、いかに戦いを挑むのか!? 闇の警視、待望の復活!!

阿木慎太郎
闇の警視
照準
ここまでリアルに〝裏社会〟を描いた犯罪小説はあったか!? 暴力団壊滅を図る非合法チームの活躍を描く！

阿木慎太郎
闇の警視
弾痕
内部抗争に揺れる巨大暴力組織に元公安警察官はどう立ち向かうのか!? 凄絶な極道を描く衝撃サスペンス。

南　英男
囮刑事
失踪人
失踪した父を捜す少女・舞衣と才賀。なぜ父は失踪したのか？　やがて、舞衣誘拐を狙う一団が…。

南　英男
囮刑事
囚人謀殺
死刑確定囚の釈放を求める不可解な事件発生。一方才賀の恋人が何者かに拉致され、事態はさらに混迷を増す。